Schnapp ihn dir, sonst tut es eine andere

Der erste Schritt ins Dating-Glück

Über das Buch

Welche Frau wünscht sich nicht, ihren Traumprinzen zu finden? Doch einfach nur abzuwarten, bis Mr. Right eines Tages auf der Bildfläche erscheint und dann auch noch den ersten Schritt macht, kann lange dauern. Samantha Scholfield beschreibt, wie Frauen selbst die Initiative ergreifen können, ohne sich zu blamieren oder sich einen Korb einzuhandeln, und enthüllt auf höchst amüsante Weise ihr freches Erfolgsgeheimnis. Anhand konkreter Beispieldialoge gibt sie ihren Leidensgenossinnen wirkungsvolle Starthilfe und viele praktische Tipps, um in jeder Lebenslage und ohne falsche Scheu die passenden Männer anzusprechen. Und so die Chancen erheblich zu erhöhen, auf den Richtigen zu treffen …

Über die Autorin

Samantha Scholfield lebt in Seattle. Die Autorin ist Dating-Expertin und hat ihre Strategie viele Male getestet und perfektioniert. Durch ausführliche Befragung der männlichen Zielgruppe hat sie herausgefunden, wie diese wirklich tickt, und räumt ein für alle Mal mit der Vorstellung auf, dass immer nur die Männer den ersten Schritt machen sollten.

Samantha Scholfield

Schnapp ihn dir, sonst tut es eine andere

Der erste Schritt ins Dating-Glück

Aus dem Amerikanischen
von Kerstin Winter

vgs EGMONT

Die amerikanische Originalausgabe erschien 2009 unter dem Titel
"Screw Cupid. The Sassy Girl's Guide To Picking Up Hot Guys",
bei The Experiment.
Published by arrangement with
The Experiment & Books Crossing Borders, Inc.

Dieses Werk wurde vermittelt durch Interpill Media GmbH, Hamburg

Deutschsprachige Erstausgabe:

verlegt durch EGMONT Verlagsgesellschaften mbH,
Gertrudenstraße 30-36, 50667 Köln

Aus dem Amerikanischen von Kerstin Winter
Redaktion: Valerie Kurth
Lektorat: Doreen Reeck
Layout und Satz: Angela May, Mettmann
Umschlaggestaltung: ZERO Werbeagentur, München
Druck: CPI Books GmbH, Leck
ISBN: 978-3-8025-3674-8

www.vgs.de

Für alle, die nicht darauf warten wollen, dass der Traummann sich bequemt, auf sie zuzukommen.

INHALT

Warum die selbstbewusste Singlefrau von heute dieses Buch unbedingt lesen sollte

Der größte Teil der beziehungswilligen Bevölkerung scheint der irrigen Meinung zu sein, dass Frauen es leicht haben, Männer kennenzulernen: Man präsentiert einfach sein üppiges Dekolleté, schüttelt sein glänzendes, welliges Haar, und schon stehen die tollen Kerle mit Cocktails, Einladungen zum Essen, dicken Klunkern und Ausflügen zu den Fidschi-Inseln Schlange.

Aber was tun, wenn die Oberweite nicht einmal annähernd dazu ausreicht, sich zu einem prachtvollen Dekolleté aufpolstern zu lassen, und sich der hartnäckige Wirbel im Haar, den Mama immer so putzig fand, jeder Trendfrisur widersetzt?

Derlei weibliche List mag funktionieren, wenn man zu den Glücklichen gehört, die in der genetischen Lotterie das große Los gezogen haben *und* das nötige Kleingeld besitzen, ihre Aktivposten chirurgisch aufzupolieren. Ich jedoch gehöre, leider Gottes, nicht in diese Kategorie.

Verstehen Sie mich nicht falsch. Ich halte mich keinesfalls für unattraktiv. Abgesehen davon, dass ich mir manchmal (okay, oft) wünsche, ich hätte eine größere Oberweite (A-Cups dieser Welt, vereinigt euch!), bin ich eigentlich recht zufrieden mit meiner Lotterie-Ausbeute. Doch wenn man weder Topmodel ist, noch zu den anderen lächerlich schönen Menschen dieser Erde gehört, dann ist es gar nicht so leicht, die Aufmerksamkeit der wirklich tollen Kerle auf sich und seine A-Cups zu lenken.

Da Geduld nicht meine Stärke ist, entschied ich schon im Alter von dreizehn Jahren, dass es für mich nicht infrage kam, darauf zu warten, bis einer der Jungen aus meiner Schule auf die Idee kommen und mich auf ein Eis oder ins Kino einladen würde. Ich wollte lieber selbst aktiv werden.

Zunächst versagte ich auf ganzer Linie. Ich verschreckte viele meiner männlichen Schulkameraden geradezu, indem ich die vorherrschenden Konventionen umging und sie von mir aus ansprach (oder anbaggerte, wie man so schön sagt). Mir ist durchaus bewusst, dass ich im Kielwasser meiner ersten, amateurhaften Gehversuche in Sachen Anmache eine Spur verwirrter und verschreckter Bübchen zurückließ.

Doch nach mittlerweile vielen Jahren voller gescheiterter Vorstöße, einigen ziemlich hübschen Erfolgsgeschichten und zahllosen Testläufen, in denen ich meine eigenen Theorien auf den Prüfstand stellte, kann ich mittlerweile behaupten, dass ich mich in der Kunst der Anmache bestens und erschöpfend auskenne.

In diesem Buch beschreibe ich die manchmal extrem peinlichen, wenn auch lustigen Fehlschläge auf meinem persönlichen Leidensweg zur Dating-Expertin sowie die ruhmreichen

Momente strahlenden Erfolgs. Anschließend erläutere ich meine in freier Wildbahn getestete und für wirksam befundene Methode Schritt für Schritt. Ich habe eine repräsentative Auswahl echter, lebender Traummänner dazu befragt, welche Eigenschaften sie bei Frauen anzieht, und die Ergebnisse zusammengefasst. In einem weiteren Abschnitt erkläre ich meinen Leserinnen, worüber sie sich im Vorfeld klar werden müssen, damit sie am Ende nicht mehr Verabredungen haben, als in ihren Terminkalender passen. »Traumprinz« oder »Traumtyp« oder auch »Auserwählter« bezieht sich übrigens auf jeden Mann, den Sie persönlich so anziehend finden, dass Sie ihn ansprechen möchten. Diese und andere nützliche Begriffe werden im Glossar am Ende des Buches genau erklärt.

Im Grunde genommen habe ich mit diesem Buch die Gebrauchsanweisung geschrieben, die ich mir gewünscht hätte, als mir bewusst wurde, dass Warten, bis der Mann den ersten Schritt macht, nicht zu meinen Tugenden gehörte.

Im Laufe der Jahre habe ich mich aktiv bemüht, so viele Fehler wie möglich zu machen – nämlich um sie zu beseitigen und so schnell als möglich herauszufinden, welche Methoden zum Erfolg führen und welche nicht. Falls ich mit diesem Buch mein Ziel erreicht habe, werden meine Leserinnen nach der Lektüre definitiv wissen, wie man jede Art von Traumtyp in jeder beliebigen Situation erfolgreich kennenlernen kann. Sie werden mit mir und über mich gelacht haben, mich abwechselnd für ein Genie und eine Vollidiotin gehalten und sich hoffentlich ganz allgemein prächtig amüsiert haben. Aber vor allen Dingen werden sie – und das ist das Wichtigste! – mir von ganzem Herzen zustimmen, dass es nichts Dümmeres gibt, als darauf zu warten, dass der tolle Kerl am anderen Ende der Bar sich endlich aufrafft und von sich aus herüberkommt.

Der schlechte Rat: *Stehen Sie mit Freundinnen in einer Ecke der Bar herum und zwinkern Sie dem süßen Typen gegenüber zu. Wenn er beziehungstauglich ist, wird er schon rüberkommen.*

Was ist schlecht an diesem Rat? *Jeder Kerl, der verrückt genug ist, sich einem Trupp herumstehender Frauen in einer Bar zu nähern, ist entweder sturzbesoffen oder ein arroganter Macho mit aufgeblasenem Ego.*

---

1. KAPITEL

Wie man einen Traumprinzen *nicht* anspricht

Mein erster Antrag ... vom Präsidenten des Schachclubs

Der erste Junge, der sich mir zu nähern versuchte, hieß Tommy Drew. Er schleuderte mir im Kindergarten Sand in die Augen. Während wir am Abend versuchten, auch die letzten hartnäckigen Sandkörner unter meinen Lidern hervorzuspülen, erklärte mir meine Mutter, dass Klein-Tommy mich nur deshalb attackiert hatte, weil er mich mochte. Obwohl ich dem ausgesprochen skeptisch gegenüberstand, bestand sie darauf, dass er sich niemals die Mühe gemacht hätte, mich vorübergehend zu blenden, wenn ich ihm nichts bedeuten würde. In diesem Fall hätte er mich einfach ignoriert. Und obwohl mir meine weibliche Intuition anderes sagte, musste ich aus Mangel an Erfahrungen wohl glauben, was meine Mutter mir da als Erklärung anbot. Ich persönlich hätte mich nicht für diese eher spezielle Methode entschieden, um jemandem meine Zuneigung zu zeigen, aber ich besaß mit sechs Jahren durchaus genug Durchblick, um zu begreifen, dass Jungs eine komplett andere Spezies waren. Wenn also meine Mutter behauptete, die Sandladung von Klein-Tommy sei als Liebesbeweis gedacht gewesen, war ich durchaus bereit, dies als wahrheitsgemäße Tatsache anzuerkennen.

Als ich etwas älter wurde, fiel es mir leichter, selbst zu erkennen, ob Jungs mich mochten oder nicht, auch wenn mir die Wahl ihrer Methoden der Interessensbekundung ein Rätsel blieb. In der sechsten Klasse zum Beispiel: Ein gewisses Sahneschnittchen namens Matt Lawrence »mochte« mich und ließ es mich wissen, indem er seine Absichten schriftlich erklärte und diese Nachricht Joey gab. Joey, Matts bester Freund, Bote und Kontaktperson, gab sie wiederum meiner besten Freundin Katie (von nun an ebenfalls Botin und Kontaktperson), die sie dann an mich weiterleitete. In der Nachricht stand: »Willst du mit mir gehen?« Obwohl ich unsicher war, wie sich ein »Ja« auswirken würde, da ich bis zu diesem Zeitpunkt mit Matt nicht mehr als zwei Worte gewechselt hatte (auch wenn ich ihn damals ziemlich scharf fand), beschloss ich, den Tanz auf dem Vulkan zu wagen. Ich schrieb also »Ja« auf den Zettel und gab ihn Katie, die ihn Joey gab, der ihn Matt zurückgab, der meine Antwort zur Kenntnis nahm, indem er Joey bat, Katie zu sagen, sie solle mir mitteilen, das sei »cool«.

Tag eins und zwei unserer »Beziehung« verliefen in ähnlichem Stil, das heißt, Katie und Joey übermittelten Botschaften wie »Du siehst heute aber hübsch aus« (an mich von Matt) und »Du auch« (an Matt von mir), was mir übrigens zehn Minuten schreckliche Warterei auf seine Reaktion bescherte, da ich keine Ahnung hatte, ob man einen Jungen ungestraft »hübsch« nennen durfte. Zum Glück gelang es Katie auf mein unaufhörliches Drängen hin aus Joey herauszubekommen, dass Matt »auf jeden Fall gelächelt« habe, als er meine Nachricht erhielt. Puh.

Am dritten Tag unserer Beziehung – noch immer war es zwischen uns nicht zu einem Gespräch von Angesicht zu Angesicht gekommen – bekam ich erneut eine Nachricht, diesmal in verbal übermittelter Form. Katie wiederholte eine Frage von Joey, die dieser im Auftrag von Matt stellen sollte: Ob ich Lust hätte, mit Matt und seinem Dad ins Kino zu gehen? Da ich zu diesem Zeitpunkt Hausarrest hatte, weil ich von Mamas Apfelkuchen die komplette Streuselschicht abgegessen hatte, konnte ich die Einladung leider nicht annehmen und leitete die traurige Nachricht durch die bekannten Kanäle an ihn weiter. Als Matt von meiner Isolationshaft hörte, ließ er mir postwendend mitteilen, dass er keine Freundin wolle, die nicht ins Kino dürfe, und dass unsere Beziehung mit sofortiger Wirkung beendet sei. Und das war's. Es gab kein Leiden und keinen Herzschmerz, jedenfalls nicht von meiner Seite aus, immerhin hatte ich während unserer Beziehung persönlich kein einziges Wort mit ihm gewechselt.

Im Laufe der nächsten Jahre stellte ich fest, dass die Jungen in meinem unmittelbaren Umfeld offenbar der Meinung waren, dass wir Mädels einen direkten Kommunikationsansatz bevorzugten. Stets wurde mehr als deutlich gemacht, wer auf wen stand, warum das so war, was am besten daraus entstehen und wie und wo es passieren sollte. Nehmen wir zum Beispiel

Brandon Stewart: Wir waren in der Zehnten, als er mich in einem besonders romantischen Augenblick quer über den Flur anbrüllte: »Hey, du bist echt scharf! Warum gehen wir nicht aufs Klo, und du bläst mir einen?« Da mir damals meine heutige Schlagfertigkeit leider noch abging, brüllte ich zurück: »Klar, äh ... hättest du wohl gern.«

Oder Nathan Gandle, Präsident des Schachclubs, der eines Donnerstags nach dem Physikkurs zu mir kam und mich allen Ernstes fragte: »Ich würde wirklich sehr gerne mit dir ins Bett gehen. Wann und wo würde es dir denn passen?« Nach Brandon Stewarts charmanter Einladung zum Blowjob wusste ich diesen respektvollen Ansatz durchaus zu schätzen, weswegen ich ein artiges »Trotzdem danke« hinter das prompte »Gar nicht« setzte.

Irgendwann begann ich mich jedoch zu fragen, ob dies denn alles sein konnte, was das Liebensleben mir zu bieten hatte. Würde jede meiner zukünftigen Verabredungen mit der Frage nach sexuellen Handlungen in sanitären Anlagen eingeleitet werden? Was, wenn keiner der Jungs, die genügend Mumm aufbrachten, um ihr Sprüchlein aufzusagen, mir gefiel? Und auf dieser Schiene weitergedacht: Was, wenn die Burschen, *die* mir gefielen – wie ein gewisser Ryan Masters, der neu auf meiner Schule war und sich in Sozialkunde auf den Platz direkt vor mir gesetzt hatte –, mich niemals um ein Date bitten würden?

Ryan Masters: Meine erste (und sehr öffentliche) Zurückweisung

Falls ich also den Rest meiner Highschool-Zeit nicht dazu verdammt sein wollte, ausschließlich unmoralische Angebote zu bekommen, musste ich wohl eine Entscheidung treffen. Ich konnte entweder darauf warten, dass Ryan Masters endlich ein Licht aufging und mich ansprach – oder ich konnte die Dinge selbst in die Hand nehmen.

Wie wir bereits wissen, gehört Geduld nicht zu meinen Tugenden. Bisher war mein Kontakt mit Ryan nur kurz und nicht übermäßig ermutigend gewesen, aber auch nicht unbedingt das Gegenteil. Als ich das erste Mal mit ihm sprach, kam er höflich meiner Bitte um einen Kugelschreiber nach, widmete sich aber anschließend wieder seinem Heft, in das er unbeirrt Möpse zeichnete. Das zweite Mal bat ich ihn um einen Radiergummi, da ich ärgerlicherweise vergessen hatte, vor der Stunde meinen Kugelschreiber zu verlieren. Leider hatte er das Gewünschte nicht, konnte mir also nicht helfen und zeigte auch sonst keinerlei Interesse an mir oder meiner misslichen Lage. Stattdessen kümmerte er sich wieder um die Möpse in seinem Heft, und ich verfluchte mich stumm, dass ich nicht um etwas gebeten hatte, über das er zweifellos verfügte, wie Papier zum Beispiel. So wie die Dinge standen, konnte ich mir nicht einmal sicher sein, dass ihm meine Existenz überhaupt bewusst war.

Je frustrierter ich durch Ryans Desinteresse wurde, umso zwingender erschien es mir, selbst die Initiative zu ergreifen.

Wenn ich wollte, dass etwas geschah, musste ich den Stier eben bei den Hörnern packen.

Leichter gesagt als getan.

Ich war offenbar das einzige Mädchen in der Menschheitsgeschichte, das es auch nur in Betracht zog, die anscheinend in Stein gemeißelte Regel zu brechen, die allein dem männlichen Teil der Bevölkerung eine aktive Rolle bei der Gesprächseröffnung zugedachte. Gründliche Beobachtungen meiner Freundinnen, deren Freundinnen und der Freundinnen dieser Freundinnen bestätigten mir, dass keine von ihnen je versucht hatte, einen Jungen anzugraben, je auch nur daran gedacht hatte, einen Jungen anzugraben, oder je von einem Mädchen gehört hatte, das schon einmal einen Jungen angegraben hatte – außer vielleicht in einem Film. Ich betrat also unerforschtes Gebiet, was wiederum bedeutete, dass ich ganz allein das Rad würde neu erfinden müssen. Und das führte mich zu meinem nächsten Hindernis:

Wie in aller Welt sollte ich das anstellen?

Aus eigener Erfahrung war mir klar, dass ich mir nicht gerade Respekt verschaffen würde, wenn ich mich dem Objekt meiner Begierde mit »Hey, Ryan, wie wär's, wenn wir in meinem Auto ein bisschen rumfummeln?« nähern würde. Und der noch direktere, zweifellos selbstbewusste Ansatz à la Nathan Gandle, Schachclubpräsident, brachte mich schon als reines Gedankenszenario einer Ohnmacht nahe. Keine der beiden Methoden war also eine Option. Und so sehr ich mir auch das Hirn zermarterte, mir wollte einfach nicht einfallen, wie ich an den gottgleichen Ryan rankommen sollte, ohne das

Undenkbare – Zurückweisung und/oder abgrundtiefe Demütigung – zu riskieren.

Eines Mittwochs war ich besonders mutig und grüßte ihn in Sozialkunde mit einem lockeren »Hi« in der Hoffnung, dass es mehr nicht bedurfte, um ihm ein Liebesgeständnis zu entlocken. Doch der Blick, den er mir zuwarf, besagte: »Was willst du denn von mir?«; er grüßte nicht einmal zurück.

Gut. Da dieser Ansatz also nicht den gewünschten Effekt hatte, musste ich mich also etwas mehr ins Zeug legen.

Ich legte mir einen Plan zurecht, den ich für teuflisch clever hielt. Zunächst ließ ich durch einige ausgewählte Mitglieder unserer schulischen Gerüchteküche streuen, dass ich Ryan »mochte«. Die Teamchefin unserer Cheerleader erzählte den größten Klatschtanten vor jedem Schulball, mit wem sie am liebsten hingehen wollte, und prompt traten die infrage kommenden Herren ein paar Stunden später brav an und luden sie zur fraglichen Festivität ein. Wenn es bei ihr klappte, warum sollte es dann nicht auch bei mir funktionieren?

Dummerweise bewirkte mein Plan aber vor allem, dass ich mir nun, wann immer ich in den Pausen über den Hof schlenderte, mindestens zwei Versionen eines Liedchens anhören musste, in dem »Sam und Ryan« sich küssten. Obwohl mir der Spott peinlich war, muss ich doch zugeben, dass mir das Bild, das die Verse vor meinem inneren Auge heraufbeschworen, ziemlich gut gefiel. Ryan dagegen fing an, mir aus dem Weg zu gehen, was schließlich sogar dazu führte, dass er regelrecht zum Jungsklo sprintete, sobald ich auch nur in Sichtweite kam. Er nahm wohl ganz richtig an, dass dies der einzige Ort war, an den ich ihm nicht folgen konnte – zumindest dann nicht, wenn ich mir ein Minimum an Selbstachtung erhalten wollte.

Irgendwann wusste ich nicht mehr weiter. Sozialkunde wurde zu einer Stunde der Qual, in der ich sehnsüchtig auf seinen Rücken starrte und tatenlos zusehen musste, wie seine Schultermuskeln das enge, gestreifte Polohemd spannten, wann immer er sich Notizen machte oder besagte Möpse zeichnete. Ich schleppte mich durch meinen Alltag, ohne Freude an den Dingen zu finden, die mich vorher glücklich gemacht hatten. Wenn Ryan mir nicht endlich seine Liebe gestand, wozu dann noch existieren?

Daher war mein Freude unbeschreiblich, als mir die Lösung meines Problems quasi in den Schoß fiel.

Die Erleuchtung kam im Büro der Schülervereinigung über mich, wo ich in meiner Rolle als Schatzmeisterin geistesabwesend die Titel irgendwelcher Schulfachblätter durchsah. Bei einem Cover hielt ich inne: *Sadie-Hawkins-Ball – dreht den Spieß um und habt mehr davon!*

Das war die Antwort auf all meine Fragen! Ich musste nicht einmal Neuland betreten, weil schließlich jeder wusste, dass bei diesen Tanzveranstaltungen die Mädchen die Jungs einluden – und nicht umgekehrt. Ich musste also lediglich meine Mitschüler davon überzeugen, dass ein Sadie-Hawkins-Ball das Ding der Stunde war, und damit begann ich direkt am nächsten Tag, als unsere Konferenz stattfand.

Schockierenderweise stieß meine Idee auf nur mäßige Begeisterung. Aus einem unerfindlichen Grund schien keines der anderen Mädchen von dem Gedanken angetan, einen Jungen um ein Date bitten zu müssen. Ich bewarb mein Projekt mit mehr Elan, als ich je in meinem Amt als Schatzmeisterin an den Tag gelegt hatte. Da ich den anderen die wahren Gründe für meinen Einsatz nicht verraten konnte, ohne wie ein totaler Depp dazustehen, verkaufte ich es ihnen so, als sei es das Ende unseres schulischen Mikrokosmos, wenn diese erstaunliche, unglaubliche Party-Idee nicht in die Tat umgesetzt würde.

Als ich mein letztes Ass aus dem Ärmel zog und zu bedenken gab, dass wir ohne diesen Ball niemals das Geld für den neuen und heiß begehrten Schokoriegelautomaten würden aufbringen könnten, ging der Antrag durch. Ich hatte gewonnen.

Natürlich sorgte ich dafür, dass alle Schüler wussten, wie es sich bei dieser Ballvariante mit dem Einladungsprotokoll verhielt. Auf diese Weise konnte Ryan keinesfalls auf komische Gedanken kommen, wenn ich ihn bat, mit mir hinzugehen.

Ich hielt mich für äußerst subtil. Rückblickend denke ich, dass vermutlich die ganze Schülerschaft längst begriffen hatte, worauf ich hinauswollte. Irgendwie war durchgesickert, dass ich es gewesen war, die auf der Versammlung den Ball durchgeboxt hatte, und da jeder wusste, dass ich hinter Ryan her war, musste man kein Genie sein, um zwei und zwei zusammenzuzählen. So weit zum Thema subtiles Vorgehen.

Die spöttischen Kommentare auf dem Pausenhof häuften sich, je näher das Datum des Balls rückte. Ryan ließ sich überhaupt nicht mehr auf dem Hof blicken, ja, er schien gänzlich vom Campus verschwunden. Ich machte mir darüber nicht übermäßig Sorgen. Er war ja schon in Sozialkunde eher schüchtern gewesen; bestimmt konnte er mit der übermäßigen Aufmerksamkeit nur einfach nicht umgehen. Im Übrigen befand ich mich mit dem Kopf in den Wolken. Ich steckte so viel Energie und Mühe in diesen Plan, dass für mich nichts außer einem vollen Erfolg vorstellbar war.

Genau eine Woche vor dem Ball war es dann endlich so weit: An diesem denkwürdigen Freitag würde ich Ryan bitten, mit mir zum Tanz zu gehen. In meinem Kopf stand die Szene längst: Er würde sich überrascht zeigen, dass ein Mädchen wie ich Interesse an ihm hatte, begeistert einwilligen und mir gestehen, dass er bereits seit dem Moment, in dem er in Sozialkunde zum ersten Mal vor mir Platz genommen hatte, heimlich Gefühle für mich hegte – und ob ich nicht mit ihm gehen wollte. Dann würde er mir beide Hände zärtlich an die Wangen legen und mich vor allen anderen küssen.

Meine wunderschöne Fantasie hätte sich nicht stärker von dem unterscheiden können, was dann tatsächlich geschah.

Ich teilte meiner damals besten Freundin Julie mit, dass der große Tag gekommen war. Julie, süchtig nach Klatsch und demnach offenbar unfähig, diese Information länger als zwei Minuten für sich zu behalten, erzählte sofort Sasha, Chefköchin der schulischen Gerüchteküche, dass ich heute Ryan zum Ball einladen würde. Sasha, die nie darüber hinweggekommen war, dass ich sie in der ersten Klasse im Brennball besiegt hatte, stürzte sich auf diese Nachricht mit der Gier eines Hais, der hört, dass ein besonders dickes Robbenbaby sich von der Herde entfernt hat. In minimaler Zeitspanne wusste eine maximale Anzahl von Schülerinnen Bescheid. Und da ich im Rampenlicht gestanden hatte, seit meine Verliebtheit öffentlich geworden war, nahmen alle regen Anteil. Die Sensationsgier war wie ein Rausch, und der erreichte genau in der ersten großen Pause seinen Höhepunkt – als für mich der Zeitpunkt der alles entscheidenden Frage gekommen war.

Es klingelte, und die hektisch flatternden Schmetterlinge in meinem Bauch marschierten mit mir über den Schulhof. Ryan war nirgendwo zu sehen, was mich angesichts seiner Tendenz zum Einsiedlertum der letzten Wochen nicht überraschte. Um es noch einmal zu erwähnen: Es war bekannt, dass ich Ryan heute einladen wollte, und es war offensichtlich, dass sich Ryan nicht auf dem Schulhof aufhielt. Man brauchte nicht viel Verstand, um sich zusammenzureimen, wen ich suchte, was wohl der Grund war, weshalb mir ungefähr jeder Zehnte, an dem ich vorbeikam, mit einem Augenzwinkern verriet: »Hey, Sam, Ryan ist in der Turnhalle.« Oder eine ähnliche Botschaft gleichen Inhalts.

Zuversichtlich und in gespannter Erwartung schlug ich also den Weg Richtung Turnhalle ein. Ein aufgeregtes Trüppchen klatschsüchtiger Schülerinnen und Schüler folgte mir nicht besonders unauffällig zur Treppe, die zur Turnhalle und dem angrenzenden Sportplatz führte. Oben an der Treppe blieb mein Publikum stehen, während ich hinunterging, um nach Ryan zu suchen, derweil es den Schmetterlingen in meinem Bauch gelang, durch meine Speiseröhre aufwärtszusteigen. Ein sehr unangenehmes Gefühl, das ich zu ignorieren versuchte.

Ich entdeckte Ryan vor der Turnhalle. Er ging sehr flott über den Sportplatz, und zwar in eine Richtung, die ihn möglichst weit von allen potenziellen Zuschauern fortführte. Sowohl sein Tempo als auch die Richtung hätten meine Alarmglocken zum Schrillen bringen müssen, aber ich war unglücklicherweise immer noch vollkommen davon überzeugt, dass nichts schiefgehen konnte. Und so holte ich tief Luft und schmetterte ein lautes »Ryan!« über den Platz. Einen Moment lang war mir, als zuckte er zusammen, aber da er stehen blieb und sich zu mir umwandte, schlug ich alle warnenden Anzeichen in den Wind. Im Laufschritt legte ich die letzten zwanzig Meter, die uns trennten, zurück. Hätte ich seine Körperhaltung und Miene richtig interpretiert, wäre mir wohl aufgefallen, dass er einem schicksalsergebenen Tier ähnelte, das man in die Ecke getrieben hatte. Aber wie gesagt: Meine Wahrnehmung war getrübt.

»Hey, Ryan. Wow ... echt schwer, dich ausfindig zu machen.«
Er sah zu Boden. »Ja, ich weiß. Das war Absicht.«
»Ähm, ach so. Na ja, jedenfalls wollte ich dich was fragen, und zwar, ob du ... ähm ... ob du amFreitagmitmirzudemBallgehenwillst?«
»Was? Du wolltest mich *was* fragen? Ich hab kein Wort verstanden.«
Oh, nein. Musste ich das wirklich noch mal sagen??? »Oh. Ja, ... ähm, ... tut mir leid. Ähm, also ... ich wollte dich fragen, ob du am nächsten Freitag mit mir zu dem Ball gehst.«
Jetzt sah er mich an. Die Schmetterlinge waren oben in

meinem Rachen angekommen und drohten flatternd zu entkommen, falls ich den Mund aufmachte.

»Nein.«

Was?! Das sollte wohl ein Scherz sein. Ich hatte mir so viel Mühe gemacht, damit das hier klappte – das konnte doch jetzt nicht schiefgehen. »Nein? Aber ... aber es wird bestimmt schön. Ich habe doch schon alles geplant.«

»Ich weiß, dass du das alles geplant hast. Deswegen will ich ja auch nicht.«

Da ich noch immer nicht wirklich begriff, was hier geschah, wagte ich noch einen Vorstoß. Ein etwas gezwungenes und leider auch ein etwas schrilles Lachen entfleuchte meiner Kehle. »Warum? Weil du fürchtest, dass ich als Innendekorateurin nichts tauge?«

»Äh ... nein. Weil ich nicht auf dich stehe. Und ich wäre wirklich froh, wenn du aufhören würdest, mir nachzustellen.«

Autsch. Erst jetzt erhaschte ich die Bedeutung dessen, was er mir zu sagen versuchte. Obwohl ›erhaschen‹ der falsche Ausdruck ist. Seine Worte trafen mich wie ein Vorschlaghammer direkt zwischen die Augen. Mir fiel nichts mehr ein. Stumm stand ich da und starrte ihn ungläubig an.

Er ging davon und ließ mich mitten auf dem Sportplatz stehen. Ich war sicher, dass den vor Neugier geifernden Fans auf der Tribüne klar war, was sich zugetragen hatte, und das vielsagende Schweigen, das mich erwartete, als ich an ihnen vorbeitaumelte, bestätigte mir das.

Das war der erste Korb, den ich bekam. Eine grausame Erfahrung.

Im Rückblick denke ich, dass es nicht unbedingt geschickt war, ungefähr achthundert Leute über meine Schwärmerei für Ryan zu informieren. Vielleicht sollte man auch erst dann behaupten, man sei mit jemandem verabredet, wenn der Betreffende eingewilligt hat, und vielleicht ist es auch nicht klug, so stur aufs Ziel zuzumarschieren, dass man die Warnsignale einfach nicht mehr wahrnimmt. Trotzdem fand ich es ausgesprochen unfair von ihm, zu behaupten, ich hätte ihm nachgestellt. Zu den Merkmalen eines Stalkers gehörte für mich, zumindest das Haus des Opfers zu belauern – dabei hatte ich nicht einmal gewusst, wo er wohnte.

Ich ging zu meinem Ball ... aber allein (und hatte trotz widriger Umstände sogar ein bisschen Spaß). Etwas Gutes hatte diese Angelegenheit aber trotzdem: Mein Projekt verschaffte uns genügend Geld, den Schokoriegelspender zu kaufen, sodass ich mich wenigstens mit einem Mars oder Snickers trösten konnte, wann immer der Gedanke an die Demütigung zu sehr an mir nagte.

Barista-Traumprinz Hank: Mein erster Dating-Erfolg

Ich brauchte eine Weile, um die Niederlage durch den nun nicht mehr gottgleichen Ryan Masters so weit zu verdauen, dass ich mich wieder an einen Traumprinzen heranwagte. Mit einer Weile meine ich geschlagene elf Monate, was eine Ewigkeit ist, wenn man noch zur Schule geht.

Der Typ, der es schaffte, mich aus der Trauer um mein niedergetrampeltes Ego zu holen, arbeitete in der Starbucks-Filiale in unserem Ort. Wegen ihm entwickelte ich eine an Besessenheit grenzende Vorliebe für Vanilla-Caffè-Latte mit doppeltem Espresso, für die ich praktischerweise nahezu täglich zu Starbucks gehen musste. Dort labte ich mich an der Pracht dieses Barista-Traumprinzen und genoss jede Sekunde der zehn Minuten, die mir meine Caffè-Latte-Leidenschaft in seiner Nähe gewährte. (Wäre ich länger geblieben, hätte man mich wohl mit Fug und Recht des Stalkings bezichtigen können.)

Nach ungefähr einem Monat brachte ich endlich genug Mut auf, mit meinem Barista-Prinzen mehr Worte als den Standardsatz »Hi, wie geht's, ich nehme das Übliche ...« zu wechseln. Mir schlotterten die Knie, während ich in der Schlange stand und angestrengt versuchte, nicht auszusehen, als ob mir die Knie schlotterten. Ich war sicher, dass jeder wusste, was ich vorhatte. Er und eine Kollegin nahmen die Bestellungen im Wechsel an, und ich musste ein kleines Manöver mit meinem Hintermann inszenieren, um dafür zu sorgen, dass wirklich *er* sich um mich kümmern würde. Dann war ich schließlich an der Reihe.

»Hey! Ich hätte gerne ...«
»Einen Großendoppeltenvanillacaffèlatte für Sam. Alles klar. Macht 5,70. Kommt noch was dazu?«
»Ähm ... dein Name vielleicht? Ich weiß gar nicht, wie du heißt.«
In diesem Moment sah ich, dass er ein Namensschildchen trug – das war ja mal wieder typisch, ich Genie!
»Oh! Ich bin Hank!« Er lächelte und zeigte auf das Schild.
Da war er, mein großer Augenblick – der bis zu diesem Zeitpunkt beängstigendste Moment, da ich ja nun wusste, wie bitter eine Zurückweisung sein konnte.
»Okay, Hank ... äh, ich wollte mal fragen, was du ... äh ... wasdusoamFreitagabendmachst?«
Inzwischen zitterten meine Knie derart, dass ich sie gegen die Theke drücken musste, damit sie nicht gegeneinanderklapperten. Nach einer kleinen Pause, die wahrscheinlich nur eine halbe Sekunde dauerte, mir aber wie hundert Jahre vorkam, antwortete er.
»Was meintest du? Ich hab dich nicht verstanden. Willst du vielleicht noch einen Bagel oder einen Muffin?«
Oh, Herrgott noch mal, wann werde ich endlich lernen, nicht mehr so zu nuscheln? »Ich wollte dich fragen, was du so am Freitagabend vorhast.«
Da – bitte schön. Tadellos vorgetragen. Jetzt konzentrier dich nur noch darauf, dich nicht zu übergeben ...
»Mit dir ausgehen ...«
Oh. Mein. Gott. Ha! Du kannst mich mal, Ryan Masters. Andere Leute mögen mich sehr wohl!

»... Ich muss nur kurz meinen Chef fragen, ob ich am Freitag arbeiten muss.«

Er verschwand, kehrte zwanzig Sekunden später aber zur Theke zurück.

»Jep. Ich hab Zeit. Was unternehmen wir?«

Ja. *Jaaa!*

»Kino?«

»Großartig. Hör mal, ich habe in zehn Minuten Pause. Hast du Zeit, bis dahin zu warten?«

Ob ich Zeit habe? *Ob ich Zeit habe*? Ich bin eine GÖTTIN!

»Okay.«

Und ich wartete zehn Minuten lang mit einem Grinsen im Gesicht, das auch fünf Stunden später noch nicht verschwunden war.

Mein zweiter Versuch, den Stier bei den Hörnern zu packen, war besser gelaufen, als ich es mir je hätte träumen lassen. Ich, Ryan-Masters-Verschmähte, war mit Traumprinz Hank verabredet, weil ICH ihn gefragt hatte und er mir die schönste Antwort meines Lebens gegeben hatte: »Mit dir ausgehen«. Bis zu diesem Moment hatte die Rangliste meiner großartigsten Momente wie folgt ausgesehen:

1. Der Weihnachtsmorgen, an dem meine Eltern mich mit verbundenen Augen vor den absoluten Traum eines Puppenhauses geführt hatten.

2. Der Tag vor einem Monat, als ich meinen besten Freund Andy im Wrestling besiegt hatte.

3. Ein kreatives Mittagessen, als ich acht Jahre alt war, bei

dem mir plötzlich die geniale Idee kam, die mir verhassten Erbsen im Kartoffelbrei zu verstecken, sodass meine nichts Böses ahnenden Eltern nichts mitbekamen.

Im Licht der magischen Antwort »Mit dir ausgehen« von Traumprinz Hank erschienen mir die bestehenden Top Drei augenblicklich so aufregend wie der sprichwörtliche Blumentopfgewinn. Noch nie hatte ich mich so glücklich und so stolz gefühlt. Ich war toll, ich war großartig, ich war umwerfend. Kein Mensch auf dieser Welt hätte mir im Augenblick etwas anderes einreden können – am wenigstens der Kerl, der mir Sadie-Hawkins-Bälle für immer verleidet hatte.

Sechs Tage lang ritt ich auf dieser Erfolgswelle. Am siebten Tag fand ich heraus, dass Hank eine Exfreundin hatte, die nicht allzu glücklich darüber war, wegen einer (Zitat!) »Milchkaffee-saufenden Schlampe« fallen gelassen worden zu sein. Ich war gezwungen, Schritte in Richtung Unterlassungsklage zu unternehmen, um ihre Flut an Droh-SMS zu stoppen und zu verhindern, dass sie ein zweites Mal versuchen würde, mich mit dem Mini-Van ihrer Mutter auf dem Parkplatz des Einkaufszentrums plattzufahren. Bald kam ich allerdings zu dem Schluss, dass Hank diesen Exfreundinnen-Stress nicht wert war. Sollte sie ihn ruhig zurückhaben.

Aber auch wenn meine Beziehung zu Traumprinz Hank nur von kurzer Dauer war, so verpasste er meinem Selbstbewusstsein doch einen solchen Schub, dass ich durch keine Tür mehr passte. Nach der totalen Vernichtung fast ein Jahr zuvor war das eine willkommene Abwechslung.

Von den Gefahren eines Push-up-BHs

Als mein Ego und ich zwei Monate später aufs College gingen, war ich mir sicher, dass ich jetzt definitiv wusste, wie man Jungs anmachte. Ich hatte eine Niederlage erlitten und verarbeitet. Ich hatte eine großartige Zusage erhalten. Ich wusste, wie es ging.

Ich hätte mich nicht übler täuschen können.

Da ich noch nie zuvor in einer Bar, einer Kneipe oder einem Club gewesen war, gab es in meiner Datenbank eine klaffende Informationslücke: Ich hatte keine Ahnung, wie ich mein bisher angesammeltes Wissen in dieser neuen Umgebung anwenden sollte – einer Welt voller männlicher Wesen, wie es sie auf meiner Schule nicht gegeben hatte. Diese Typen gaben sich alle Mühe, den Terminus »Aufreißer« neu zu erfinden: Sie waren lässig, selbstbewusst und schienen die Kunst der Anmache für sich gepachtet zu haben – sie waren absolute Vollidioten. Aber sie hatten Sex – und zwar ständig.

Ich wollte diese Wissenslücke unbedingt füllen, hatte aber keine Ahnung, wie man mit den Kerlen ins Gespräch kam, mit denen man wirklich sprechen wollte. Gingen meine Freundinnen und ich in Bars, wurden wir stattdessen andauernd mit Kommentaren wie »Hey, Baby, lutschst du an allem so hingebungsvoll wie an deinem Strohhalm?« bombardiert.

Ich begann, die Spielzüge dieser Jungs zu beobachten, studierte ihre Methoden und zog schließlich Bilanz. Reine Logik führte mich in vier Schritten zur Lösung meines Problems:

1. Ich bin toll. Beweis: Traumprinz Hank und der legendäre Satz »Mit dir ausgehen«.

2. Außerhalb von Bars ich bin gut darin, Kerle aufzureißen. (Ja, okay, nach nur einem Erfolg ist das eine sehr großzügige Hochrechnung.) Beweis: Traumprinz Hank und der legendäre Satz »Mit dir ausgehen«.

3. Die Jungs hier sind gut darin, Mädels in Bars aufzureißen. Beweis: Laura ist am Samstag mit diesem Trottel Mike nach Hause gegangen, nachdem er ihr gesagt hat: »Schon okay, wenn du mir einen Drink ausgeben willst. Hübscher Hintern übrigens.«

4. Wenn ich die Tricks dieser Männer kopiere, sollte es eigentlich funktionieren.

Und ich beschloss, diese zugegeben etwas dürftige Logik auf die Probe zu stellen. Als ich das nächste Mal mit Freundinnen um die Häuser zog, suchte ich mir einen Typen aus, der von einem weiblichen Publikum auf der Attraktivitätsskala von eins bis zehn einstimmig eine 9,5 erhalten hätte. Er saß mit zwei Freunden an der Bar und wandte mir den Rücken zu. Ich war nicht allzu nervös – Traumprinz Hank hatte mich schließlich gewollt.

Ich marschierte also zu Mr 9,5 hinüber und stützte mich neben ihm auf die Bar auf, wobei ich ganz zufällig mit meinem gepolsterten BH über seinen Rücken strich. Dummerweise war mir aber nicht klar, wie gut mein BH tatsächlich gepolstert war, denn was als sexy Geste gedacht war, riss ihn letztlich vom Hocker. Leider nicht im positiven Sinn, sondern so, dass er ungefähr die Hälfte seines Drinks auf den Boden schüttete.

Pech für mich, dass auf meiner anderen Seite niemand stand, der als Erklärung hätte herhalten können, warum ich ihm so dicht auf die Pelle gerückt war. Tatsächlich befand sich neben mir eine riesige Lücke von zwei leeren Hockern, die mir in diesem Augenblick wie der Grand Canyon vorkam. Mr 9,5 fuhr also zu mir herum, bemerkte den Freiraum neben mir und sagte keinesfalls etwas wie »Hey, Baby«, wie ich erwartet hätte, sondern »Was soll denn der Scheiß?« und wandte sich verärgert wieder zu seinen Kumpels um.

Nun sollte man meinen, dass meine Erfahrung mit Ryan Masters mich von jedem zukünftigen Versuch, bei offensichtlicher Zurückweisung weiterzubohren, kuriert hätte, aber dem war nicht so. Obwohl ich fand, dass Mr 9,5 etwas überreagiert hatte, war meine Einschätzung der Lage getrübt durch mein Lieblingsmantra: »Es kann nichts schiefgehen, siehe Traumprinz Hank und den legendären Satz: ›Mit dir ausgehen‹«.

Ich beschloss also, noch einen draufzusetzen, und zwar, indem ich den Spruch von Obertrottel Mike kopierte: »Schon okay, wenn du mir einen Drink ausgeben willst. Hübscher Hintern übrigens.« In meiner Einschätzung waren Mike und ich ungefähr auf dem gleichen Stand, was unser Aufreißertalent anging, im Rückblick natürlich eine grobe Überschätzung meiner eigenen Fähigkeiten. Aber man muss mir zugestehen, dass ich mutig und experimentierfreudig war, auch wenn ich das letztlich mit einem dicken Stück Selbstvertrauen bezahlte.

Ich zitierte also den magischen Satz – und erhielt keinerlei Reaktion. Mr 9,5 drehte sich nicht einmal um.

In der irrigen Meinung, er habe mich nicht gehört, wiederholte ich lauter: »Schon okay, wenn du mir einen Drink ausgeben willst. Hübscher Hintern übrigens.« Leider schoss ich mit meinem Eifer wieder mal übers Ziel hinaus, und anstatt nur seine Aufmerksamkeit zu erregen, hatte ich gleichzeitig die Aufmerksamkeit einer jeden Person erregt, die im Umkreis von drei Metern stand. Alles verstummte und drehte sich zu uns um. Mr 9,5, der mein Gebell mit hochgezogenen Schultern über sich hatte ergehen lassen, drehte sich um und sagte – nein, Entschuldigung, brüllte: »Ich hatte dich schon das erste Mal verstanden.«

Als er sich mit einem Gesichtsausdruck, der Verärgerung und Ekel perfekt miteinander verband, wieder seinen Freunden zuwandte, die sich prächtig amüsierten, begriff auch ich endlich, dass a) der Satz – wer hätte das gedacht? – nicht den erhofften Effekt gehabt hatte und ich mich b) wohl nie wieder in dieser Bar würde blicken lassen können. Wahrscheinlich befand ich mich in einer Art Schockzustand, denn ich weiß nicht, wie es mir gelungen ist, ohne weitere Demütigungen das Etablissement zu verlassen.

Noch immer möchte ich vor Scham im Boden versinken, wenn ich an dieses peinlichste Erlebnis meines jungen Erwachsenenlebens denke. Angesichts dieses Abends verblasst sogar das Ryan-Masters-Debakel.

Aber die Erfahrung mit Mr 9,5 verhalf mir zu zwei wichtigen Erkenntnissen: Ich sollte mein Selbstbewusstsein besser wieder auf ein vernünftiges Maß zurechtstutzen, und es mochte sinnvoll sein, sich vorher Gedanken darüber zu machen, welche Anmachtaktiken funktionieren würden und welche nicht.

Nun, das erste Problem war durch Mr 9,5 effektiv behoben worden: War mein Ego vorher groß, stark und aufdringlich gesund gewesen, so blutete es jetzt aus einer hässlichen Wunde.

Die zweite Erkenntnis erforderte etwas mehr Einsatz meinerseits. Da alles, was ich über die Anmache in Bars wusste, auf einer einzigen Erfahrung gründete, blieb mir wohl nichts anderes übrig, als mehr empirische Daten zu sammeln ... und zwar eine ganze Menge mehr Daten. Ich musste eine Methode finden, die mich mit dem anderen Geschlecht in Kontakt brachte, ohne dass eine vernichtende Demütigung im Spiel war.

Und das bedeutete leider auch, dass ich wieder hinaus in die Schlacht ziehen musste, was mich in dem Augenblick weniger reizte, als mich in einem Bett voller Skorpione zu wälzen. Außerdem schien es mir nach dieser einen Erfahrung sehr wahrscheinlich, dass dies ein harter Lernprozess werden würde. War ich wirklich so masochistisch, dass ich jede Erfahrung persönlich machen wollte? Und/Oder konnte ich mich selbst davon überzeugen, dass jede Erfahrung, die ich machte, einen Nutzen hatte, weil sie mir etwas beibringen würde?

»Darf ich dir einen Drink ausgeben?« – Fragen Sie lieber nicht

Die erste Aufreißermethode, die ich abzukupfern beschloss, stammte von einem Kerl namens Damon, der an der Theke neben mir stand und mich fragte, ob er mir einen ausgeben dürfte. Da ich eine opportunistische Ader besitze und nicht einsah, warum ich mir ein kostenloses Getränk entgehen lassen sollte – und Damon darüber hinaus ein netter Kerl zu sein schien –, sagte ich Ja. Anschließend plauderten wir noch mindesten zehn Minuten locker miteinander.

»Kann ich dir einen Drink ausgeben?« ist wahrscheinlich nicht der originellste Satz, um mit jemandem ins Gespräch zu kommen, aber da er bei mir funktioniert hatte, fand ich, dass man ihm eine Chance geben sollte. Im Übrigen war dieser Ansatz eindeutig berechenbarer und unbedenklicher als die mit dem hübschen Hintern.

Als Damon gegangen war, bemerkte ich zu meiner Linken einen attraktiven Typen, der als Kandidat infrage kam, also sagte ich furchtlos meinen Satz auf. Natürlich wäre es schlau gewesen, sich vorher zu vergewissern, dass der Auserwählte nicht bereits einen Drink hatte, was der Bursche mir denn auch buchstäblich vor Augen führte, indem er mir sein noch volles Glas etwa zehn Zentimeter vor die Nase hielt. Unhöflich, wie ich fand, weil eindeutig dazu gedacht, mich in Verlegenheit zu bringen; offenbar hatte ich keine besonders gute Wahl getroffen. Nun gut. Ich würde mich anderweitig umsehen.

Ein paar Minuten später schon machte ich einen anderen appetitlichen Kandidaten aus. Seine Reaktion auf meine Antwort lautete »Warum?«. Es gab kein »Na, klar« oder »Nein, danke«, das dieser Frage vorausgeschickt wurde, sondern nur ein schlichtes »Warum?«. Merkwürdig. War das Warum nicht offensichtlich? Ich meine, aus welchem Grund würde *er* denn einem Mädchen einen Drink ausgeben wollen? Am liebsten hätte ich ihm gesagt, dass diese Masche beiden Geschlechtern erlaubt war, ich ihn süß fand und näher kennenlernen wollte, aber irgendwie erschien mir das als Reaktion zu zickig. Vielleicht hatte ich ihn einfach nur auf dem falschen Fuß erwischt. Vielleicht war er heute mies drauf. Aber mir fiel einfach nicht ein, was ich auf seine Frage antworten sollte, also ging ich einfach.

Als unverbesserliche Optimistin wagte ich einen weiteren Versuch; mein erster Vorstoß war logistisch problematisch und schlecht durchdacht gewesen und konnte daher aus der Bilanz gestrichen werden. Die Reaktion auf den zweiten Versuch musste eine Anomalie gewesen sein und galt daher auch nicht.

Und schon entdeckte ich am Ende der Bar ein weiteres Versuchsobjekt. Er stand zwar in einer Gruppe, schien sich aber kaum am Gespräch zu beteiligen. Und nachdem ich wirklich gründlich nachgesehen hatte, ob vielleicht schon ein Drink in seiner Nähe stand, machte ich meinen Zug.

»Von einem Mädchen eine verdammt merkwürdige Frage – was willst du?«

Wie um alles in der Welt sollte ich denn diese Frage beantworten – und vor allem warum? Man fragt niemanden, der einem einen Drink ausgeben will, was er denn bitte von einem möchte, liegt die Antwort doch mehr als offensichtlich auf der Hand: Ich will dir an die Wäsche. Warum sollte das bei einer Frau als Fragestellerin etwas anderes sein? Und darüber hinaus ... *Das ist eine verdammt merkwürdige Frage?* Wie bitte? Wieso merkwürdig? »Kann ich dir einen Drink ausgeben?« ist für mich überhaupt nicht merkwürdig. Kerle fragen mich das andauernd.

Nun war ich gründlich verwirrt. War ich versehentlich in eine geheime Gesellschaft von jungen Männern geraten, die so abgeschieden lebten, dass sie die Taktiken, die sie selbst jeden Abend verwendeten, nicht wiedererkannten? Ich beschloss, es weiter zu versuchen. Vielleicht war ich versehentlich auf die einzigen Deppen in dieser Bar gestoßen und alle anderen waren Traumtypen. Wenn ich jetzt aufgab, würde ich es niemals herausfinden.

Traumtyp Nummer vier stand ungefähr in fünf Metern Entfernung von Nummer drei. Er schien allein gekommen zu sein, was ihn in meinen Augen als Versuchskaninchen besonders attraktiv machte. Ein toller Typ war um einiges weniger beängstigend als zwei tolle Typen, die sich miteinander unterhielten.

Ich stellte Augenkontakt mit Nummer vier her und wurde mit einem Lächeln belohnt. Ermutigt beschloss ich, es zu wagen. Er sah zu, wie ich mich durch die dichte Menge drängte, um zu ihm zu gelangen, und erhielt zum Dank noch ein Lächeln und ein freundliches »Hi, alles klar?«. Aber als ich ihn fragte, ob ich ihm einen Drink spendieren dürfe, verschwand das Lächeln augenblicklich. An seine Stelle trat ein derart schockierter und entsetzter Ausdruck, dass ich unwillkürlich einen Schritt zurücktaumelte. Er beugte sich zu mir herüber und zischte: »Sag mal, wie bist du denn drauf!?«

Ich denke, man könnte behaupten, dass ich in diesem Moment ausrastete. Jedenfalls erwiderte ich – na gut, ich brüllte: »Wie *ich* drauf bin? Wie ich DRAUF BIN? Jetzt verdammt mies! Hat unsere Gesellschaft uns wirklich so toll gedrillt, dass eine selbstbewusste Frau dem Kerl, den sie süß findet, nicht einmal einen Drink ausgeben darf? Pass mal auf, du dämlicher Vollidiot, dazu fällt mir nur ein Wort ein: nämlich Doppelmoral!«

Nach diesem Ausbruch fühlte ich mich zwar ein wenig besser, aber wenn ich daran denke, wie er wie ein geprügelter Hund Kopf und Schwanz einzog und hastig Reißaus nahm, fürchte ich, dass ich dem armen Burschen einen Schaden fürs Leben verpasst habe. Während ich noch von Nachbeben geschüttelt wurde, entkam er durch die Mauer seiner Freunde und tauchte in der Menschenmenge unter. Ein Mädchen in meiner Nähe klatschte mich ab, als ich ging, und verbesserte damit ein wenig die Erfolgsbilanz dieses Abends: Immerhin wurde mein Forschungsauftrag durch Randgruppen unterstützt.

Männergespräche: Es wäre ja so toll, wenn mich mal ein Mädchen anmacht

Am nächsten Tag konsultierte ich meine besten und vertrauenswürdigsten (männlichen) Freunde, und sie bestätigten mir einstimmig, was ich einfach nicht glauben mochte:

Ja, es sei tatsächlich merkwürdig, wenn eine Frau einem Mann einen Drink spendieren wolle, weil eine Frau ganz schön verzweifelt sein müsse, wenn sie zu solchen Maßnahmen greift, und nein, solange ich mein Interesse so deutlich zeige, würde es mir niemals gelingen, die Männer, die ich anspreche, vom Gegenteil zu überzeugen. Es wäre demnach am besten, wenn ich diese ganze Sache mit der Eigeninitiative von vornherein vergäße.

Na, toll. Das hieß also, dass die Jungs, denen ich bedingungslos vertraute, auf demselben Holzweg waren wie alle anderen auch.

Man sollte meinen, dass meine Begeisterung für meinen Forschungsauftrag spätestens jetzt abebbte, aber kurioserweise war genau das Gegenteil der Fall. Ich hatte immerhin einen Erfolg zu verzeichnen, denn ich besaß zum ersten Mal verlässliche, weil selbst gesammelte Informationen: Männern bereitete es Unbehagen, wenn eine Frau den ersten Schritt tat. Obwohl das natürlich theoretisch eine unerfreuliche Tatsache war, bot sie mir einen Ansatzpunkt. Ich wurde das Gefühl nicht los, dass es dennoch irgendeine Methode geben musste, mit der ein Mädel einen Jungen anmachen konnte, ohne als merkwürdig oder verzweifelt abgestempelt zu werden.

Ich beschloss, noch mehr Kerle zu befragen. Je mehr Informationen ich bekäme, umso besser stünden die Chancen, dass mir eine Lösung dieses Rätsels einfiel. Außerdem war es ja möglich, dass meine bekloppten Freunde sich irrten; andere Männer mochten anderer Meinung sein.

Und so sprach ich mit so vielen männlichen Wesen wie möglich: in Bars, in Cafés, in der Bücherei, beim Sport. Ich stellte jedes Mal dieselbe Frage: »Fändest du es merkwürdig, wenn ein Mädchen dich angraben würde?«. Nach der Einschätzung der Lage, die mir meine Freunde geliefert hatten, war ich angenehm überrascht, dass nur einer der von mir Befragten antwortete, er würde es nicht begrüßen, von einer Frau angemacht zu werden. Denn es sei »nicht an der Frau, etwas Derartiges zu tun«. Aha.

Der Rest meiner Interviewpartner äußerte sich positiv. Hier ein paar meiner Lieblingsantworten:

»Es wäre sooo schön, wenn mich mal ein Mädchen aufreißen würde. Die würde ich sofort poppen.«

(Wow.)

»Von mir aus können die Damen die Zügel in die Hand nehmen. Ich fände es großartig, wenn nicht mehr wir Kerle den ersten Schritt tun müssten. Wisst ihr eigentlich, wie schwer das ist? Frauen können echt gemein sein!«

(Wenn der wüsste, was ich durchgemacht habe.)

»Wieso? Willst du mich angraben? Falls ja, fände ich das okay. Du bist ziemlich scharf. Ich glaube, ich würde mit dir ins Bett gehen.«

(Äh ... danke?)

Und so hatte ich wundersamerweise und zumindest in der Theorie eine Untergruppe der Spezies Mann entdeckt, der es tatsächlich gefiel, wenn die Frau den ersten Schritt machte. Das stand zwar im krassen Kontrast zu meinen ersten Feldversuchen, war aber nichtsdestoweniger eine begrüßenswerte Neuigkeit. Wenn ich sicher sein konnte, dass es da draußen derart offene Männer gab, dann würde ich sie finden!

Mit Speck fängt man Mäuse – mit einem Hund heiße Typen

Mit frischer Energie und erneutem Tatendrang, jedoch noch immer ratlos, was das Wie betraf, suchte ich Hilfe bei Google und in einschlägigen Frauenmagazinen. Es gab bemerkenswert viele Tipps, wie man einen Mann an sich bindet, wie man den Orgasmus perfektioniert, wie man sich Heiratsanträge erschwindelt und was man beim ersten Date tun und lassen sollte, aber erstaunlich wenig Informationen darüber, wo eine Frau Männer kennenlernen konnte. Tatsächlich fand ich nur einen einzigen Artikel, der sich direkt auf meine Frage bezog. In besagtem Schriftstück wurden zwar zehn Beispiele genannt, aber es stellte sich rasch heraus, dass neun dieser zehn nicht ernsthaft dazu gedacht sein konnten, in die Praxis umgesetzt zu werden. Das jedenfalls hoffe ich um all jener Frauen willen, die den Text ebenfalls gelesen haben.

Nehmen wir Beispiel vier: »Schick der Sahneschnitte im Büro nebenan eine Schachtel Pralinen mit einem Kärtchen, auf dem steht: ›Eine heimliche Verehrerin ... die dich gerade beobachtet‹«.

Auf der Grundlage von Ryan Masters Beschimpfung, ich würde ihn stalken (obwohl es ja gar nicht so gewesen war), schauderte mich, wenn ich mir vorstellte, was der Empfänger der Pralinen bei einem solchen Kärtchen wohl denken würde.

Oder Beispiel Nummer neun: »Wenn du an dem heißen Typen, den du anschmachtest, vorbeigehst, streife wie zufällig mit der Brust über seinen Rücken. Er wird so verzaubert sein, dass du in weniger als einer Minute einen Drink und ein Date hast.«

Oh-oh. Dabei sollte man nur aufpassen, dass er nicht auf einem Barkocker sitzt, kein volles Glas in der Hand hält, dass die Brust nicht zu ausladend oder zu stark gepolstert ist und dass sich in direkter Nähe Menschen aufhalten, denen man die Schuld in die Schuhe schieben kann, sollte die »zufällige« Berührung versehentlich aus dem Ruder laufen.

Aber mein Favorit war Nummer zehn: »Dreh den Spieß um und frag ihn, ob du ihm einen Drink spendieren darfst, bevor er es tut. Dein Selbstbewusstsein wird ihn begeistern, und er wird dich sofort näher kennenlernen wollen.«

Ja, sicher – und wenn man eine erregte Klapperschlange am Schwanz packt, sie im Kreis herumschleudert und ihr dann einen dicken Kuss auf die Schnauze drückt, wird sie ihre scharfen Zähne keinesfalls in deine Lippe versenken ... Wir wissen Bescheid.

Der einzige nützliche Tipp, den ich aus diesem spaßigen Artikel ziehen konnte, war dieser: »Nimm deinen Hund mit zum Joggen. Wenn du dann an dem süßen Hundebesitzer, auf den du ein Auge geworfen hast, vorbeikommst, kann dein Hund sich mit seinem bekannt machen. Derweil hast du Zeit, dich mit dem Besitzer zu verabreden.«

Das war nicht unbedingt der ideale Tipp. Ich hatte keinen Hund und auch kein Auge auf einen Hundebesitzer geworfen, und man drückte sich um die Erklärung, was zwischen »Hi, wie geht's?« und »Gut, dann bis acht Uhr beim Italiener an der Ecke« geschah, aber ich fand, dass es einen Versuch wert war. Jedenfalls war es um Längen besser, als einem Kollegen Pralinen zu schenken.

Dazu brauchte ich allerdings zunächst einen Hund. Nur mein heiß geliebter und absolut schwuler Freund Timothy besaß einen, und zwar einen Chihuahua namens Shakespeare von der Größe einer Kaffeetasse. Shakespeare war nicht besonders gut zum Joggen geeignet, da seine Beine nur zehn Zentimeter lang waren, aber es musste reichen. Nachdem ich Timothy geschworen hatte, nicht zu schnell zu laufen und Shakespeare daran zu hindern, andere Hunde zu schwängern, machte ich mich auf den Weg zum Strand.

Als Shakespeare und ich ankamen, war ich entzückt. Aus meinem Auto sah ich mindestens vier Hunde in Begleitung von Männern, die man getrost als Sahneschnitten bezeichnen konnte. Ermutigt begann ich, am Rand der Promenade so schnell zu traben, wie Shakes' kurze Beine es erlaubten – was tatsächlich nur Spaziergangtempo war. Ich wollte ihn keinesfalls so auspowern, dass er nachher seiner Hundepflicht nicht mehr nachkommen und kein Interesse an Artgenossen zeigen würde. Immerhin war er ein unerlässlicher Bestandteil meines Plans.

Nach ungefähr zwanzig Minuten bemerkte ich, dass ein Traumtyp auf mich zukam. Auch er ging – was meiner Mission definitiv zuträglicher war, als wenn er im Eiltempo auf mich zugerauscht wäre –, und er hielt eine Leine in der Hand, die eindeutig an irgendeinem Tier befestigt war. Ich machte mir nicht die Mühe, am Ende der Leine nachzusehen, was da hing, schließlich erforderte mein Plan nur, *dass* ein Hund vorhanden war, mehr nicht. Außerdem war ich abgelenkt: Der Wind drückte ihm das T-Shirt an den Körper und machte sein stattliches Sixpack sichtbar.

Shakespeare war bisher fröhlich und mit durchhängender Leine vor mir her getrottet. Doch als der Traumtyp und ich nur noch ungefähr zehn Meter voneinander entfernt waren, straffte sich Shakespeares Leine. Froh sah ich ihn auf den anderen Hund zusprinten. Ah, dachte ich, das klappt ja hervorragend.

Doch meine Freude war von kurzer Dauer.

Mein Plan enthielt zwei Schlüsselelemente, mit denen ich mich vorher nicht ausreichend auseinandergesetzt hatte. Das erste war die allseits bekannte Tatsache, die da lautet: Je kleiner der Hund, umso größer das Ego und daher umso gewaltiger der Irrtum in der Selbsteinschätzung. Übersetzt auf Shakespeare hieß das: Er wähnte sich ungefähr von Büffelgröße. Das zweite Element betraf das Tier meines Gegenübers. Ich hätte mich vergewissern müssen, dass es sich tatsächlich um ein der Hundeart angehöriges Exemplar handelte.

Der »Hund« des Traumtypen, den ich mir ausgesucht hatte, war ein schwarz-weißer Affe. Shakespeare blieb wenige Zentimeter vor dem Tier stehen und grollte wie der Büffel, für den er sich hielt. Ich hatte keine Ahnung, wie Affen sich im Allgemeinen verhalten, aber ich war mir ziemlich sicher, dass der aggressiv schief gelegte Kopf und das zischende Geräusch, das das Tier ausstieß, keine guten Zeichen waren. Meine wachsende Sorge wurde verstärkt durch die Tatsache, dass der Affe mindestens fünfzehn Pfund schwer aussah, also etwa fünfmal so viel wog wie Shakespeare.

Es war klar, dass ich eingreifen musste. Mit zwei Schritten war ich bei den ungleichen Kontrahenten, aber als ich die Hände zur Rettung des kleinen Chihuahua ausstreckte, tat der Traumtyp den Mund auf und sagte in einem Tonfall, der sich ganz entschieden nicht mit dem übrigen Traumtyp-Erscheinungsbild vereinbaren ließ: »Tu mir einen Gefallen und nimm diesen albernen Möchtegernhund weg. Er regt meinen Michael nur auf.« Während ich mich bückte und gleichzeitig versuchte, mir eine beißende Retourkutsche einfallen zu lassen, streckte der Affe ganz plötzlich beide Vorderpfoten aus und packte Shakespeares Ohren. Bevor ich noch Zeit hatte, ein warnendes »Hey« auszustoßen, zog der Affe schon mit ganzer Affenkraft und entlockte dem armen kleinen Shakes ein sehr hohes, sehr schrilles Wimmern.

Währenddessen stand der Traumtyp, der längst jeglichen Reiz verloren hatte, neben mir und brüllte mich an, ich solle ja seinen kostbaren Michael nicht anrühren. Zum Glück ließ der »kostbare Michael« kurz darauf von Shakes ab, um sich in aller Seelenruhe zu putzen. Ich richtete mich mit dem Hündchen in den Armen auf und fragte den Kerl, wie er auf eine derart bescheuerte Idee käme, am Strand einen Affen auszuführen. Aber der Typ war so damit beschäftigt, Michael das Monster zu betütern, dass er nicht reagierte. Also kehrte ich schließlich mit dem bebenden Nervenbündel Shakespeare zu meinem Auto zurück.

Vorsichtshalber fuhr ich auf dem Heimweg bei einem Tierarzt vorbei. Timothy würde mir niemals vergeben, dass ich seinen Liebling in solch eine Gefahr gebracht hatte, aber vielleicht wusste er die Geste zu schätzen. Es stellte sich heraus, dass es Shakes bestens ging, was man von mir nicht gerade behaupten konnte.

Immerhin war ich schlauer als vorher. Ich hatte zumindest festgestellt, dass es bei dieser Methode viel zu viele Unwägbarkeiten gab, die einen Erfolg beeinträchtigen konnten. Selbst wenn es funktionierte – wollte ich mir ständig einen Hund leihen müssen, um jemanden kennenzulernen? Wohl kaum. Ich musste mir eine Lösung ausdenken, in der Murphys Gesetz nicht gar so häufig Anwendung finden konnte. Je weniger Faktoren, die schiefgehen konnten, umso besser.

Aber noch etwas hatte mir der letzte Versuch verdeutlicht. Bis zu dem Punkt, als bösartige exotische Tiere ins Spiel gekommen waren, hatte ich mich sehr wohlgefühlt, und das hatte am Schauplatz gelegen: Die Kontaktaufnahme hatte draußen stattgefunden und nicht in einer Bar. Außerhalb von Bars und Kneipen waren mir Jungs schon immer offener für eine Kontaktanbahnung erschienen. Dies führte mich zu der Überlegung, wo sich tolle Kerle gerne aufhielten. Beim Basketball? Baseball? Fußball? Ja, bei solchen Spielen waren immer Traumtypen zu finden, aber dummerweise ließen sie sich dort auch leicht ablenken. Ich musste einen Ort finden, an dem sich die Spezies, die ich suchte, aufhielt, aber nicht unbedingt viel tat, sodass man einzelne Exemplare zum Plaudern bringen konnte. Und da endlich kam mir die Erleuchtung:

Golfplätze.

Männer mögen Golf. Ich mag Männer. Golf ist also die ideale Gelegenheit, Männer zu treffen ... oder?

So gut wie jeder brauchbare Typ, mit dem ich mich jemals unterhielt, hatte irgendwann einmal Golf gespielt. Manche blieben dabei und waren regelmäßiger auf dem Platz zu finden, andere stellten fest, dass die Sportart ihnen doch nicht lag, aber die große Mehrheit war in den vergangenen sechs Monaten mindestens einmal am Abschlag gewesen. War es nicht lächerlich einfach? Ich würde einfach hinfahren, irgendeinen hübschen Kerl nach klugen Tipps fragen, und zack! – war ich mit ihm im Gespräch.

Ich war mit meinem Vater früher ein paar Mal auf dem Golfplatz gewesen, hatte mir aber nicht wirklich etwas angeeignet, das man Technik oder gar Strategie hätte nennen können. Diese Unbelecktheit sollte mir nun zum Vorteil gereichen, denn ich würde tatsächlich Hilfe benötigen. Schließlich konnte man sich schlecht den richtigen Abschlag beibringen lassen, wenn man bereits wusste, was man tat. Also lieh ich mir, was ich brauchte, von einem Golferfreund und machte mich voller Tatendrang auf den Weg zum nächsten Platz.

Ich kam an, kaufte mir einen Korb Bälle und wählte einen Abschlagplatz neben einem Traumtypen. Unsere Blicke trafen sich, ich lächelte und war entzückt, als er das Lächeln erwiderte. Ich spürte, wie er mich beobachtete, und gab mir alle Mühe, mich dumm anzustellen, sodass ich ihn im passenden Moment um Hilfe bitten konnte.

Ich legte den Ball auf das Tee und schwang den Schläger so unfähig wie möglich. Unglücklicherweise schmetterte ich den Ball gute 150 Meter weit.

Verdammt und zugenäht. Ich hatte die Jungfrau in Nöten mimen wollen, nicht die kompetente Sportlerin. Ich schaute mich um, um zu sehen, ob der Traumtyp mich noch beobachtete – Pustekuchen! Seine Aufmerksamkeit war einzig auf seinen eigenen Ball gerichtet. Er konzentrierte sich so sehr auf seinen Schlag, dass sich sein Gesicht verzerrte.

Mein Vater hatte immer gerne über Golf geschimpft, vor allem über die Renitenz des Balles, der sich umso mieser schlagen ließ, je verbissener man es versuchte. Dies im Sinn, platzierte ich einen weiteren Ball auf dem Tee und konzentrierte mich mit aller Macht darauf, richtig, richtig gut abzuschlagen, um ein richtig, richtig mieses Resultat zu erzielen. Obwohl mein Traumgolfertyp ganz ins eigene Spiel versunken zu sein schien, konnte ich mich immer noch ungeschickt genug gebärden, um mit ihm ins Gespräch zu kommen. Der erste Treffer mochte schließlich ein Zufall gewesen sein.

Als ich meinen Schläger zu schwingen begann, war mir augenblicklich klar, dass mein Vater sich mit seiner Theorie nicht geirrt hatte. Mein Schlag entwickelte sich grausam. Doch das Ergebnis war dennoch nicht so, wie ich erhofft hatte, denn anstatt den Ball zu berühren, schlug ich komplett daneben. Der Schläger schwang jedoch weiter, beschrieb einen fast perfekten Kreis und krachte mit voller Wucht auf mein Steißbein.

Ich weiß nicht, ob Sie schon mal auf ihr Steißbein gefallen sind, aber es fühlt sich in etwa so an, als habe einem jemand das Rückenmark entfernt und stattdessen Säure eingefüllt. Sich selbst mit einem Golfschläger in diese Gegend zu hauen, kommt dieser Erfahrung sehr, sehr nahe.

Der Traumgolfer hörte den dumpfen Laut, der meinen Treffer begleitete, und gab sich redlich Mühe, nicht in lautes Gelächter auszubrechen. Und obwohl ich zugeben muss, dass ich mich wirklich vollkommen lächerlich gemacht hatte, war mir sein unterdrücktes Glucksen sehr unsympathisch.

Da ich kaum noch gehen, geschweige denn Golfspielen konnte, blieb mir keine Wahl, als den Versuch abzubrechen. Mr Traumgolfer konzentrierte sich noch immer kichernd wieder auf seinen Abschlag, und ich humpelte vom Platz und zurück zu meinem Auto.

Auch wenn ich auf dem Heimweg ziemlich damit beschäftigt war, bei jeder Bewegung, die mein Rückgrat auch nur im Geringsten beanspruchte, vor Schmerz Grimassen zu schneiden, merkte ich doch, dass ich immer mutloser wurde.

Die Methode »Joggen mit Hund« war zu kompliziert gewesen; zu viele Faktoren mussten stimmen. Zum einen brauchte man tolle Typen mit Hunden, zum anderen selbst einen Vierbeiner. Darüber hinaus musste ein Hund den anderen beschnüffeln wollen, das Wetter stimmen – und nicht zuletzt der Hund auch wirklich ein Hund sein. Zu viel konnte da schiefgehen.

Das Golfszenario war mir hingegen denkbar einfach erschienen. Trotzdem hatte ich es geschafft, irgendwie auch Murphys Gesetz ins Spiel zu bringen.

Möglicherweise waren die Situationen zu speziell gewesen: Ich musste einfach von vornherein zu viele Faktoren bedenken. Aber selbst wenn ich beide Methoden so perfektionierte, dass ich potenzielle Desaster vermeiden konnte, war es dennoch unklug, mich auf sie als einzige Dating-Hilfen zu verlassen. Es war einfach zu viel Arbeit. Es musste verlässlichere und schlichtere Wege zum Ziel geben.

Ein paar Tage verstrichen, ohne dass mir eine geniale Idee kam. Langsam aber sicher steuerte ich auf den niederschmetternden Schluss zu, dass es vielleicht gar keine Methode gab. Ich hatte bisher – außer im Kino – immer noch keine andere Frau erlebt, die sich einen Typen aussuchte und ihn erfolgreich ansprach. Und sogar in den wenigen Filmen, in denen man tatsächlich eine Frau den ersten Schritt tun sah, geschah es so gut wie immer, weil sie eine Prostituierte oder eine Undercoveragentin oder Ähnliches war, was sich nur ganz schlecht auf meine gegenwärtige Situation übertragen ließ.

Nein, ich hatte noch nie gesehen oder erlebt, wie zum Einsatz kam, was ich mir erträumte: eine schnelle, sichere, verlässliche und egoschonende Methode, die Männer anzusprechen, die man ansprechen wollte. Nun begann mein Enthusiasmus doch noch zu schwinden. Träumte ich denn einen unmöglichen Traum?

Am folgenden Donnerstag, als ich mit dem Bus zu unserer *Barnes & Noble*-Filiale fuhr, um für meinen Englisch-Kurs das coole, wenn auch lächerlich teure Buch *Sex in Romantic Literature* zu erstehen, tippte mir der durchaus attraktive Kerl hinter mir, knapp über zwanzig, schätzte ich, auf die Schulter und fragte mich nach der Zeit. Ich sagte sie ihm und drehte mich wieder nach vorn. Er tippte wieder. Als ich mich erneut zu ihm umwandte, sagte er, dass er versehentlich meine Lektüreliste gesehen habe und ob ich ihm etwas zu dem Kurs sagen könne, da er ihn im nächsten Semester vielleicht auch belegen wolle. Ich erzählte ihm, was ich wusste, und schon entwickelte sich eine lebhafte Diskussion um den Sinn und Unsinn eines Englischdiploms für die spätere Berufswahl. Wir tauschten Telefonnummern aus und beschlossen, am nächsten Tag bei einem Kaffee weiterzudiskutieren. Ich stieg an der nächsten Station aus und hatte noch eine ganze Weile richtig gute Laune.

Und plötzlich begriff ich:

Ich hatte eine ernst gemeinte Verabredung mit einem süßen Kerl, der das Gespräch nicht mit einer Anmache begonnen hatte. Er hatte nicht einmal vorgehabt, sich länger mit mir zu unterhalten. Alles, was er gewollt hatte, waren Informationen gewesen, und daraus hatte sich ganz natürlich ein Gespräch entwickelt. Wenn es bei ihm funktioniert hatte, warum sollte das nicht auch bei mir klappen?

Während ich durch den Buchladen streifte, dachte ich über unsere Unterhaltung nach. Und je länger ich darüber nachsann, umso klarer wurde mir, dass die unschuldige Frage der Schlüssel zum Erfolg gewesen war. Als er mich nach der Zeit gefragt hatte, hatte ich nicht innerlich die Augen verdreht, weil er mich eindeutig anzugraben versuchte. Ich hatte auf mein Handy gesehen, ihm die Uhrzeit gesagt und mich wieder umgedreht. Seine Frage zu meiner Lektüreliste war ähnlich unschuldig gewesen. Ich hätte auch nachgefragt, wenn ich jemanden mit einer Bücherliste für ein Seminar gesehen hätte, das ich demnächst vielleicht belegen würde. Als wir erst einmal im Gespräch gewesen waren, hatten wir festgestellt, dass wir eine Menge Gemeinsamkeiten hatten, wodurch sich gegenseitige Sympathie eingestellt hatte.

»Weißt du, wie spät es ist?« ist ein großartiger Gesprächseinstieg. Wenn ich mich recht entsann, hatte ich das letzte Mal, als ich die Uhrzeit wissen wollte, nicht erst nach dem süßesten Typen weit und breit gesucht, sondern einfach denjenigen gefragt, der direkt neben mir stand.

Und dann kam mir in den Sinn, dass man jede Frage nutzen konnte, die eine Antwort erforderte, und die musste sich nicht zwingend auf die Uhrzeit beziehen.

Noch am gleichen Abend probierte ich es aus.

Drei Jahre, unzählige Gespräche und eine stattliche Anzahl an Versuchen und Fehlversuchen später, kann ich endlich behaupten, dass ich den Code zum Erfolg geknackt habe.

Ich habe alles, was ich gelernt und erfahren habe, strukturiert und sortiert und in dieses Buch gesteckt. Dies ist die Gebrauchsanweisung, die ich mir damals gewünscht habe, als mir klar wurde, dass ich nicht darauf warten wollte, vom richtigen Jungen angesprochen zu werden.

Ob Sie erfahren wollen, wie man macht, wovon ich so viele Jahre geträumt habe – nämlich wie man erfolgreich tolle Kerle anspricht, ohne dass das eigene Selbstbewusstsein nachher in Trümmern liegt –, oder ob Sie einfach nur neugierig auf meine Erfahrungen sind: Hier kommen sie.

2. KAPITEL

So geht's: Wie man den Auserwählten anspricht

Psychotest: Wie geschickt gehen Sie vor?

Sie befinden sich in einer Bar und sehen plötzlich an der Theke den Traummann schlechthin. Natürlich wollen Sie ihn kennenlernen. Was tun Sie?

a) Sie stehen auf und gehen, bevor Sie sich übergeben müssen. Das ist alles viel zu aufregend für Sie.
b) Sie knüllen ein Stück Papier zusammen und werfen ihm die Kugel an den Kopf.
c) Sie gehen zu ihm, tippen ihm auf die Schulter, ziehen Ihr T-Shirt hoch und zeigen ihm Ihre prächtigen Brüste.
d) Sie begegnen seinem Blick, lächeln und drücken die Brust ein wenig raus, bleiben aber, wo Sie sind. Wenn er etwas von Ihnen will, wird er schon kommen. Wenn er sich die Mühe nicht macht, war er es auch nicht wert.
e) Sie tun so, als ob Sie Ihre Mailbox abhören, während Sie sich langsam in seine Richtung bewegen. Wenn Sie in seiner Nähe sind, fragen

Sie ihn beiläufig, was Ihre Freundin in Bezug auf diesen neuen Kerl, mit dem sie gerade anbandelt, tun soll.

ANTWORT: e

---

1. Teil: Die Eröffnung

Was geschieht wirklich, wenn man jemanden anzusprechen versucht?

Am Valentinstag in meinem letzten Collegejahr ging ich mit vier Freundinnen in die Stadt. Schnell wurde mir klar, dass dieses Datum entgegen meiner Vermutung keinesfalls die Version des Volkstrauertags für Singles war, an dem einsame Herzen zu Hause blieben und sich selbst bemitleideten. Im Gegenteil: Es war ein beliebter Partyabend, an dem vor allem Singles unterwegs waren und jede Menge Spaß hatten.

Nach einem ausschweifenden Abend saßen meine Freundinnen und ich in einer Sushi-Bar, um noch ein Häppchen zu essen.

Wir hatten gerade bestellt, als wir einen Macho bemerkten, der in bester Machomanier auf uns zu stolzierte (was in Anbetracht der vielen besetzten Tische, der abgelegten Taschen und Jacken und der vielen betrunkenen Gästen gar nicht leicht war). Durch seine langsame Anfahrt waren wir in der Lage zu beobachten, dass es ihm offenbar Schwierigkeiten bereitete, seine Arme seitlich am Körper zu halten, weil sein Bizeps zu groß war – eine Tatsache, die eindrucksvoll durch das zu enge T-Shirt unterstrichen wurde. Mir persönlich fiel ebenfalls auf, dass sein Haar die faszinierende Eigenschaft hatte, vollkommen reglos an seinem Kopf zu kleben, obwohl es ihm bis zu den Augen reichte. Ich tippte auf exzessiven Gebrauch von ultrastarkem Haarlack.

Endlich angekommen, positionierte er sich am Kopf unseres Tisches. Wir sahen gespannt zu ihm auf, da wir uns fragten, worum es wohl ginge. War er der Geschäftsführer und wollte uns einen besonderen Service angedeihen lassen? Hatten wir irgendetwas angestellt? War er vielleicht ein vergessener Exfreund?

Er stand da und nahm sich zwanzig bis dreißig extrem peinliche Sekunden Zeit, jede von uns mit Blicken auszuziehen und beifällig zu grunzen, wenn ihm das Ergebnis gefiel (glaube ich zumindest). Ich fand das Ganze eigentlich ziemlich lustig, und zwar hauptsächlich deshalb, weil er sich so offensichtlich toll fand. Als er mit der visuellen Vergewaltigung fertig war, sagte er (und ich zitiere wortwörtlich):

»Ich bin Dr. D. Ich bin Gottes Geschenk an die Frauen. Ihr Ladys seid wirklich hübsch anzusehen, aber ich denke, ihr seid noch hübscher in weniger Klamotten ... oder gleich ganz ohne. Jede Frau hier im Raum beobachtet mich, seht ihr das? Und jede will von mir im Klo gevögelt werden. Ihr auch? Ich wette, ihr auch, denn ich bin Gottes Geschenk an die Frauen.«

Wie vom Donner gerührt über den Schwachsinn, den er ganz eindeutig für eine bezaubernde Anmache hielt, starrten wir ihn anfangs nur stumm an, was Dr. D. vermutlich als gutes Zeichen wertete. Dumm für ihn, dass unser Schweigen nur die Ruhe vor dem Sturm war. Ich glaube, ich war diejenige, die zuerst losprustete, aber meine Freundinnen taten es mir augenblicklich nach. Wir lachten, dass die Bäuche bebten und die Tränen liefen, und da die leichte Berauschtheit eines schönen, gelungenen Abends unsere Lachlust noch schürte, dauerte es gute zehn Minuten, bis wir uns wieder ausreichend beruhigt hatten, um überhaupt etwas essen zu können.

Dr. D.'s siegessicheres Lächeln war inzwischen aus seinem Gesicht gestürzt und auf dem bierfleckigen Boden zerschellt; ganz offensichtlich hatte er eine solche Reaktion nicht erwartet. Man muss ihm allerdings lassen, dass er erhobenen Hauptes davonstolzierte – wenn auch sehr schnell.

Aber abgesehen vom hohen Unterhaltungswert, den Dr. D. in meinen Augen hatte, habe ich ihn hier vor allem deshalb erwähnt, weil er ein hervorragendes Beispiel eines wirklich miesen Anmachversuchs abgibt.

Dr. D. hatte nichts anderes getan, als uns in aller Deutlichkeit darauf hinzuweisen, dass er an Sex interessiert war (ob mit nur einer oder allen von uns, blieb offen). Ihm war offenbar nicht klar, dass bei Vertretern beiden Geschlechts, die sich auf eine solch direkte Art umworben sehen, verschiedene Faktoren zum Tragen kommen:

1. Wir sehen uns augenblicklich in der Machtposition. Schließlich will der andere etwas von *mir*, findet *mich* toll. Ich kann ihm einen Korb geben (zum Beispiel, indem ich ihn einfach auslache), ohne dass ich dadurch Schaden nehme.

2. Die Person, die etwas von uns will, ist plötzlich nicht mehr so attraktiv. Fragen wie »Hat der es so nötig, dass er mich direkt anquatschen muss?« oder »Spinnt der?« sind die fast zwingende Folge.

3. Mindestens eine Partei ist verkrampft. Die häufigste Einstiegsfrage, die Männer Frauen stellen, bei denen sie landen wollen, lautet: »Na, wie geht's denn so?«, auf die das Objekt der Begierde dann in neun von zehn Fällen mit einem eisigen »gut« antwortet. Diese direkte Art der Interaktion führt niemals zu einem normalen, lockeren Gespräch. Und dennoch höre ich diese Frage an jedem Abend, den ich ausgehe, mindestens ein Dutzend Mal. Merkt denn niemand, dass es bessere Sätze gibt, um ein Gespräch zu beginnen?

4. Es ist sterbenslangweilig. Man weiß ja schon, dass der andere etwas von einem will. Die Männer, die uns interessieren, sind die, die sich wegen uns nicht überschlagen oder coole Sprüche absondern. Die, die wir wollen, sind so selbstbewusst, dass sie uns ein wenig arbeiten lassen, um sie um den Finger zu wickeln, während sie uns dabei deutlich machen, dass sie es keinesfalls nötig haben.

Man kann es auf die folgende Formel reduzieren: In dem Moment, in dem jemand so tut, als wolle er nichts von mir, wird er für mich interessant. Das funktioniert auch umgekehrt: Sobald jemand sein Interesse zeigt, wird er uninteressant. Natürlich darf man es mit dem Desinteresse auch nicht übertreiben, denn wer den anderen am ausgestreckten Arm verhungern lässt, wird auch nichts erreichen. Wichtig ist also, die richtige Balance zwischen interessiert und desinteressiert zu finden. Diese Taktik des richtigen Maßes nenne ich den »neutralen Ansatz«.

Neutral bedeutet die Fünf auf einer Skala von eins bis zehn. Neutral ist die Farbe Beige oder das T-Shirt, dass ich trage, wenn ich in den Waschsalon gehe. Es ist das Gefühl, dass man es tun oder lassen kann – was immer *es* ist. Übersetzt auf eine Gesprächssituation mit jemandem, den man sexy findet, bedeutet neutral, sich so zu unterhalten, dass keinesfalls sexuelles Interesse durchschimmert. Man zeigt kein Interesse, aber man zeigt auch kein Desinteresse. Man redet mit der betreffenden Person, könnte aber ebenso gut mit einer anderen reden oder mit dem Typen dort hinten – es spielt keine Rolle, weil man ja nicht interessiert ist.

Auf diese Art öffnet man zwischen sich selbst und seinem Zielobjekt einen Kommunikationskanal. Wenn zwei Fremde keinen Hehl aus ihrem sexuellen Interesse machen, gehen sie häufig unbeholfen miteinander um, doch die neutrale Interaktion lässt sexuelles Interesse gänzlich außen vor. Das wiederum erzeugt Lockerheit auf beiden Seiten, da keiner in den Augen des anderen an Wert verliert.

Neutrale Kommunikation bietet, metaphorisch betrachtet, jeder Partei ein künstliches Deckmäntelchen, unter dem man sich verbergen kann, bis man zu dem Schluss kommt, dass jetzt die Tarnung auffliegen und sexuelles Interesse ins Spiel kommen darf. Es ist eine Gesellschaftstaktik, die eine natürliche, fruchtbare und lockere Konversation möglich macht.

Anders gesagt: Sie ist genial.

Aber wie soll man sich jemandem nähern, ohne interessiert zu wirken?

Es gibt zwei gesellschaftlich akzeptierte Situationen, in denen man Fremde ansprechen kann, ohne dass jemand daran Anstoß nehmen könnte. Diesen Erstkontakt nennt man »Eröffnung«, denn man stellt dabei einen Kommunikationskanal zwischen sich selbst und dem begehrten Zielobjekt her. Besagte Situationen kommen im Alltag ständig vor und sind gänzlich neutral. Sie ereignen sich folgendermaßen:

Man spricht jemanden an, den man nicht kennt, wenn man a) **Informationen benötigt** oder b) **eine momentane Erfahrung teilt**.

Und das versteht man darunter.

---

1. Das Informationsbedürfnis

Als ich mit dem Bus zu Barnes & Noble fuhr und der Typ hinter mir eine Unterhaltung in Gang setzte, begann er sie damit, indem er eine Information von mir benötigte: Er wollte wissen, wie spät es sei und was ich ihm zu meinem Seminar sagen könne.

Es ist gesellschaftlich vollkommen in Ordnung, sich einem Fremden zu nähern und ihn anzusprechen, wenn man etwas wissen will. Um nach dem Weg oder der Zeit zu fragen zum Beispiel. Wenn ich einen Mann auf der Straße nach einer Adresse frage, wird er niemals auf die Idee kommen, dass ich irgendein anderweitiges Interesse an ihm haben könnte, es sei denn, ich zeige ihm durch meine Körpersprache unmissverständlich, dass ich ihm an die Wäsche will. Verhalte ich mich dagegen neutral, kann auch keine Peinlichkeit oder Unbeholfenheit entstehen. Im Gegenteil: Jemandem mit Informationen auszuhelfen, ist ein Vergnügen. Das Einzige, was der Angesprochene gesichert annehmen kann, ist, dass ich ihn für qualifiziert gehalten habe, mir Auskunft zu erteilen (weil er zum Beispiel eine Uhr trägt).

Obwohl die Frage nach der Uhrzeit oder nach dem Weg sehr hübsch veranschaulicht, was ich mit »Informationsbedürfnis« meine, münden solche Fragen selten auf natürliche Art und Weise in eine Unterhaltung. Das liegt daran, dass der Angesprochene entweder »Ja, es ist viertel nach zehn« sagt oder eben »Nein, tut mir leid«. Fragen, die einsilbig beantwortet werden können, sind keine gute Basis für nachfolgende Gespräche. Damit sich eine richtige Unterhaltung entspinnt, muss ein Thema gefunden werden, über das man sich länger, aber genauso entspannt auslassen kann (wie der Bursche im Bus es mit der Frage nach meinem Seminar tat).

Hier ein Beispiel für ein »Informationsbedürfnis«, das in ein unbefangenes Gespräch mündet und nicht mit »Jep – es ist halb zwölf« gleich wieder endet.

Erin befindet sich in einer Boutique, weil sie ein Geschenk für ihren Freund sucht. Sie sieht eine Krawatte, die ihm gefallen könnte, aber sie fürchtet, dass sie fürs Büro vielleicht ein bisschen zu schräg oder schrill ist. Neben ihr steht ein Typ, der sich ebenfalls Krawatten ansieht. Für eine selbstbewusste Frau ist es absolut normal, diesen Mann jetzt um seine Meinung zu fragen: »Entschuldigung, aber ich suche eine Krawatte für meinen Freund. Glauben Sie, dass er die hier im Büro tragen kann, oder wird er sich deswegen dumme Sprüche anhören müssen?«

Nehmen wir an, der Mann antwortet: »Die Krawatte ist klasse. Ich würde sie tragen. Aber ob man ihm deswegen dumme Sprüche reindrückt, hängt wahrscheinlich davon ab, in welcher Branche er arbeitet.«

An dieser Stelle könnte Erin sich jetzt bedanken und das Gespräch beenden. Es wäre aber immer noch völlig normal und ungezwungen, wenn sie noch ein bisschen weiterplauderte. »Ja, so was Ähnliches habe ich mir auch gedacht. Er arbeitet in einem Architektenbüro, also ist gegen ein wenig Kreativität wohl nichts einzuwenden.«

Sowohl Erin als auch der andere Kunde werden diesen natürlichen und lockeren Kontakt mit einem/einer Fremden wahrscheinlich als angenehm empfinden. Es gibt keinen Moment der Unbeholfenheit, weil niemand vermuten muss, dass der eine etwas von dem anderen will. Erin hat den Mann eindeutig nicht nach seiner Meinung gefragt, weil sie ihn näher kennenlernen wollte – sie hat ja bereits einen Freund. Sie brauchte nur eine Information und schätzte den Burschen als jemanden ein, der sie ihr verschaffen konnte.

Alles sähe ganz anders aus, wenn Erin den Mann mit »Hi, suchen Sie eine Krawatte?« angesprochen hätte, denn damit würde sie ein Interesse an ihm bekunden und er sich unwillkürlich fragen, warum sie das wissen will. Die einzige Antwort darauf – sofern der Mann nicht davon ausgeht, dass Erin in der Boutique arbeitet – lautet, dass Erin ein Gespräch mit ihm anfangen will, weil sie plant, ihm über kurz oder lang an die Wäsche zu gehen. Ein solch offenes Interesse mindert in seinen Augen ihren Wert und führt dazu, dass die Unterhaltung linkisch und steif verläuft.

In diesem Szenario aber hat Erin einen Freund. Das lässt keinen Zweifel daran, dass Körpersprache und Tonfall neutral sind. Die Unterhaltung hätte jedoch eine andere Richtung einschlagen können, wenn Erin statt »Krawatte für meinen Freund« »Krawatte für einen Freund« gesagt hätte. Tonfall und Körpersprache wären genauso neutral, weil sie ihre Frage stellt, während sie die Krawatten mustert und kein sexuelles Interesse an dem Mann neben ihr zeigt. Der einzige Unterschied läge darin, dass hier noch alles offen ist: Sie hat dem Angesprochenen indirekt mitgeteilt, dass sie keinen festen Partner hat. Wenn sie ihm gefällt, kann er Interesse bekunden, das sie dann erwidern kann oder nicht.

Solange Erins Tonfall und Verhalten neutral bleiben, wird sich kein männliches Wesen angemacht fühlen, wenn es nach der Meinung zu einer Krawatte gefragt wird. Für den Mann spielt es keine Rolle, ob die Frau besagte Krawatte für *einen* oder für *ihren* Freund kaufen will. In beiden Fällen hat sie einen legitimen Grund, ein Gespräch anzufangen, und er wird nichts dagegen haben, ein wenig mit ihr zu plaudern.

Um es zusammenzufassen: Wo ein Informationsbedürfnis besteht, ist es für zwei Menschen, die einander nicht kennen, vollkommen normal und natürlich, ein Gespräch zu beginnen.

Eine Frau möchte etwas wissen, und ein Mann erscheint ihr geeignet, die nötige Auskunft zu geben. Solange Tonfall und Körpersprache unverfänglich sind, wird der Gefragte unter keinen Umständen zu dem Schluss kommen, die Fragende sei sexuell interessiert.

2. Die geteilte Erfahrung

Die andere Situation, in der es gesellschaftlich als unbedenklich gilt, einen Fremden anzusprechen, tritt dann ein, wenn diese Situation so interessant, bemerkenswert oder merkwürdig ist, dass es komisch wäre, nichts verlauten zu lassen. Diese wertvolle Erkenntnis kam mir während einer Mittagspause.

Ich saß auf einer Bank im Park in der Nähe meines Büros, genoss die Frühlingssonne und aß mein Putenbrustsandwich. Auf der Parkbank neben meiner saß ein knuffiger Typ, aber mir fiel einfach nichts ein, was ich zu ihm hätte sagen können. »Hey, ist das nicht ein schöner Tag?« war einfach zu banal. Zum Glück für mich mischte sich die Natur ein und zeigte mir ein nicht besonders zuverlässiges, aber umso effektiveres Mittel, um mit einem attraktiven Fremden ein Gespräch zu beginnen.

In etwa zwei Metern Entfernung machte sich eine Taube begeistert über eine vergessene Fritte her. Plötzlich galoppierte ein unglaublich dickes Eichhörnchen einen Baum herab, schoss auf die Taube zu und landete mit einem Satz auf dem Rücken des Vogels, um, wie ich annehme, der Taube die Beute zu stehlen. In dem kurzen, intensiven Gerangel, das entbrannte, konnte ich nur Fell und Federn sehen, aber dann gelang es der Taube, mit dem Eichhörnchen auf dem Rücken abzuheben. Das Miniraubtier hielt etwa drei Sekunden aus, dann plumpste es, das Kartoffelstäbchen in den Pfoten, aus einer Höhe von ungefähr drei Metern wieder zur Erde. Dort blieb es benommen liegen, und ich wollte gerade aufstehen und nachsehen, ob es überhaupt noch am Leben war, als es sich schüttelte und zu einem Baum torkelte, unter dem es sich schließlich sein hart erarbeitetes Mittagessen zu Gemüte führte.

Die Szene war ausgesprochen unterhaltsam gewesen, allerdings auch ziemlich unglaublich, daher wandte ich mich zu meinem Nachbarn um, um zu sehen, ob er den Kampf ebenfalls beobachtet hatte. Er sah bereits in meine Richtung, und sobald unsere Blicke sich begegneten, brachen wir gleichzeitig in lautes Lachen aus. Es folgte eine Reihe von unvollendeten Sätzen und viel Gezeige und Geschnaufe, während wir nach Luft japsten.

»Haben Sie das gesehen ...?«

»Und das Eichhörnchen ...!«

»Auweia, so was hab ich ja noch nie ...«

»Da liegen noch Federn auf dem Boden ...«

»... und Fellbüschel, oder ...?«

»... ein Eichhörnchenabdruck im Staub ...«

Als wir endlich wieder in der Lage waren, normal zu atmen, setzte eine nette Unterhaltung ein. Ich fand heraus, dass er im Büro über mir arbeitete, ebenfalls Milchkaffee mochte und wirklich sehr gerne mit mir in der nächsten Woche in der Mittagspause ein Häppchen essen gehen wollte.

Die natürliche Reaktion jedes Menschen, der etwas Ungewöhnliches erlebt, besteht darin, sich umzusehen, um herauszufinden, ob noch jemand in der Nähe das Ungewöhnliche/Lustige/Übernatürliche mitbekommen hat. Ein Zeuge hilft uns, Gesehenes auszuwerten und sicherzustellen, dass wir nicht halluziniert haben. Diese Bestätigung erzeugt auch bei einander Fremden eine Gemeinsamkeit, und es entspricht der gesellschaftlichen Norm, diesen gemeinsamen Augenblick durch Worte anzuerkennen.

Der Mann auf der Parkbank neben mir dachte nicht einen Moment daran, dass ich etwas von ihm wollen könnte, als ich in seine Richtung blickte, um herauszufinden, ob er dasselbe gesehen hatte wie ich. Er nahm einfach an, dass ich – genau wie er – Bestätigung für die seltsame Situation suchte, die wir beide erlebt hatten.

Die neutrale Eröffnung als Mittel zum Zweck

Rekapitulieren wir: Wer sich einem Kerl nähert und offen sexuelles Interesse zeigt, wird nichts erreichen, jedenfalls in den allermeisten Fällen nicht. Normalerweise fühlt sich der Mann unbehaglich, wenn das Interesse zu offen zur Schau getragen wird, und verhält sich vermutlich eher abweisend. Sofern man also nicht masochistisch veranlagt ist, sollte man solche Reaktionen nicht provozieren.

Aber wie wir gesehen haben, gibt es Situationen, in denen sich niemand etwas dabei denkt, wenn wir Fremde ansprechen. Daraus entwickeln sich ungezwungene Gespräche, und solange Tonfall und Körpersprache zur Neutralität des Gesprächsthemas passen, wird niemand auch nur ansatzweise vermuten, dass er Zielobjekt einer Anmache ist.

Nun, so weit schön und gut, aber – wie soll es bitte funktionieren? Soll man auf der Parkbank sitzen und auf verhaltensgestörte Eichhörnchen warten, die exakt im passenden Moment Tauben auf den Rücken hüpfen?

Zum Glück ist eine solche Form der Geduld nicht erforderlich. Im folgenden Abschnitt erkläre ich, wie man Situationen *schafft,* die entweder ein geteiltes Erleben provozieren, eine Frage aufwerfen, die man stellen kann, oder gleich beides tun. Mit anderen Worten: Ich erkläre, wie man Szenen inszeniert, die Ihren Bedürfnissen entsprechen. Manche Menschen der Fraktion »Das Glas ist halb leer« würden das vielleicht als Unaufrichtigkeit oder gar Lügen bezeichnen. Ich betrachte es als Kreativität.

Zunächst jedoch eine Bemerkung zur neutralen Körpersprache.

Unser Körper sagt mindestens genauso viel aus wie unsere Worte, wenn nicht sogar mehr. Zu neutralem Verhalten passt es nicht, vierunddreißig Mal hintereinander zu versuchen, mit dem Traumprinzen Augenkontakt herzustellen, bevor man sich ihm nähert. Außerdem sollte man immer einen weiteren Grund haben, sich dieser Person zu nähern, außer eben nur in ihrer Nähe zu sein. Vielleicht will ich an der Theke etwas zu trinken bestellen, eine Serviette holen, nach einem Strohhalm fragen – hier eignet sich alles, was eindeutig erklärt, warum ich gerade neben betreffendem Traumtypen an der Theke stehen muss.

Nicht zu flirten, bevor man Kontakt herstellt, ist vielleicht das Schwierigste an dieser neutralen Eröffnung. Ich zumindest brauchte lange, bis ich es wirklich konnte. Wenn ich einen Typen attraktiv finde, sehe ich ihn mir genau an, oder? Ich will Augenkontakt herstellen, seine Aufmerksamkeit wecken, mich präsentieren, ihm zuzwinkern, flirten und eben alles tun, damit er auch mich wahrnimmt.

Dummerweise passt das nun so gar nicht zu dem Eindruck, dass es mir völlig wurscht ist, ob ich ihn je wiedersehe ... was grob gesagt genau der Eindruck ist, den ich ihm vermitteln muss, wenn ich eine neutrale Eröffnung anstrebe.

Mag es auch extrem schwierig sein, das Zielobjekt anfangs zu ignorieren, lohnt es sich doch umso mehr. Darauf zu warten, dass der Kerl, mit dem man Blickkontakt hat, kommt und einen anspricht, hat bei mir bisher selten das erhoffte Resultat erbracht. Vielleicht haben Sie ja manchmal mehr Glück. Aber die entscheidenden Wörter hier sind »selten« und »manchmal«. Ich finde es sehr befreiend, mir selbst jemanden aussuchen und ansprechen zu können, und das Wissen, dass ich mit ihm eine vollkommen ungezwungene und unbefangene Unterhaltung führen kann, nimmt der Situation alles Krampfhafte. Ich kann, wenn ich will, an einem Abend mit zwanzig verschiedenen Männern sprechen; kein einziger wird auch nur Verdacht schöpfen, dass ich ihn angrabe. Der Mann meiner Wahl wird mich für eine selbstbewusste, eigenständige Frau halten, und dass ich scheinbar kein Interesse an ihm habe, wird automatisch das seine (und/oder seinen Ehrgeiz) wecken.

1. Ein Informationsbedürfnis schaffen

Im Grunde brauchen Sie sich nur eine Ausrede auszudenken, warum Sie sich a) dem Mann, der Ihnen gefällt nähern und b) mit ihm sprechen müssen, damit er Ihnen helfen kann.

Ein Beispiel:

Mary sitzt mit einer Freundin in der Ecke einer Bar und sieht sich um. Am Tresen steht ein Typ, der ihr gefällt; offensichtlich mit einem Freund. Um nun mit diesem Kerl ins Gespräch kommen zu können, muss Mary eine Situation schaffen, in der er als bester Kandidat dafür erscheint, ihr die gewünschte Information zu verschaffen.

Mary nähert sich nun den beiden Männern, ohne sie anzusehen, ohne Augenkontakt herzustellen, ohne sie – vermeintlich – überhaupt zu bemerken. Sie wirkt vollkommen neutral und zufrieden mit sich und der Welt, als sie sich neben den beiden Männern an die Bar stellt, um etwas zu trinken zu bestellen. Während sie darauf wartet, dass der Barkeeper sie bemerkt, sagt sie zu den beiden:

»Hört mal, Jungs, kann ich euch etwas fragen? Meine Freundin und ich haben gerade eben darüber gesprochen, und ich hätte gerne eine männliche Meinung gehört. Sie hat sich mit einem Typen getroffen, der sie jetzt, beim zweiten Date, all seinen Freunden vorstellen will. Findet ihr das nicht ein bisschen krass – bei der zweiten Verabredung direkt alle Freunde zu treffen? Meine Freundin fühlt sich ein bisschen überrollt: Sie ist sich noch nicht einmal sicher, ob sie mehr von ihm will. Was bedeutet es denn, wenn ein Kerl das Mädchen bittet, es seinen Freunden vorstellen zu dürfen?«

Mary schiebt ein Informationsbedürfnis als Ausrede vor, um mit dem Mann ihrer Wahl ins Gespräch zu kommen. Sie scheint keinesfalls an den beiden interessiert (obwohl sie es ist); sie braucht angeblich nur Hilfestellung, um die Diskussion mit ihrer Freundin fortsetzen zu können. Sie sagt weder »Wo kommt ihr denn her?« noch »Wie geht's denn so?« noch »Netter Hintern übrigens« – Sätze, die alle mehr oder weniger direkte Verweise auf ein starkes sexuelles Interesse wären. Im Gegenteil: Soweit die beiden es beurteilen können, ist sie nur eine unabhängige Frau mit einer Frage, bei der sie ihr helfen können. Sie hat einen wunderbaren, gesellschaftlich akzeptierten Grund, die beiden anzusprechen, und sie haben nicht den Eindruck, dass man sie anmachen will. Wahrscheinlich werden sie jetzt sogar versuchen, sie zu beeindrucken, um bei ihr zu punkten.

Da Marys Frage ziemlich vage gestellt ist, können die Jungs jetzt nach näherer Erläuterung fragen: »Wie ist denn das erste Date gelaufen?«, »Warum ist sie sich denn nicht sicher, ob sie etwas von ihm will?« oder »Was ist denn das für ein Typ?«. Wichtig ist vor allem, dass eine Unterhaltung eingesetzt hat, und zwar eine Unterhaltung, die sich leicht in Gang halten lässt. Zu Beziehungen hat jeder etwas zu sagen, und nach ein paar Minuten sind Mary und ihr Traumtyp keine Fremden mehr. Ihr Verhältnis zueinander wird so freundschaftlich sein, als habe sie ein gemeinsamer Freund auf einer Party einander vorgestellt, vielleicht sogar noch vertrauter, da man bereits eine Gesprächsbasis hat, auf der man aufbauen kann.

Nachdem die Anfangsfrage beantwortet ist, könnte Mary vielleicht sagen: »Danke, Jungs, das hilft mir weiter. Wo kommt ihr überhaupt her?« In diesem Zusammenhang hat die Frage noch immer keine Aufreißerqualität, denn man hat sich ein paar Minuten miteinander unterhalten, und es ist nur folgerichtig, dass man irgendwann mehr über sein Gegenüber erfahren will. Persönlichere Fragen, die von einer gewissen Neugier zeugen, sind die natürliche Erweiterung der laufenden Unterhaltung.

Das Schöne an Marys Taktik ist die Tatsache, dass sie eine Möglichkeit gefunden hat, den ersten Zug zu machen, ohne dass der Traumtyp sich angemacht fühlt. Die Einstiegsfrage soll ein Informationsbedürfnis stillen, und wenn das geschehen ist, hat man sich bereits ein wenig bekannt gemacht, sodass man, ohne Verdacht zu erregen, ohne Weiteres persönlichere Fragen stellen kann. Das funktioniert deshalb, weil ein neutraler Einstieg es so aussehen lässt, als sei das Interesse erst geweckt worden, *nachdem* der andere auf das Informationsbedürfnis reagiert hat. Außerdem kann der Mann auf diese Weise glauben, er habe die tolle Frau, die ihn nach seiner Meinung gefragt hat, mit seiner Coolness, Intelligenz, mit seinem Fachwissen oder was auch immer beeindruckt – weil er eben ein einfach großartiger Typ ist.

Meiner Erfahrung nach lieben Männer das Gefühl, alles unter Kontrolle zu haben (ja, ich weiß, dass ich das jetzt verallgemeinere). Wenn wir Frauen ihnen dieses Gefühl geben können, während wir doch unsere eigene Wahl treffen, hat jeder damit gewonnen.

2. Ein gemeinsames Erlebnis schaffen

Hier ein Beispiel eines gemeinsamen Erlebnisses, das nicht von Unwägbarkeiten wie tollkühnen Parktieren abhängt:

Jenn geht aufs College. Sie befindet sich gerade in einer Vorlesung über Umweltpolitik und entdeckt einen Traumtypen ziemlich weit vorn im Hörsaal. Als die Vorlesung vorbei ist, bahnt sich Jenn ihren Weg so geschickt durch die Menge, dass sie gleichzeitig mit ihm die Tür erreicht. Sie verlassen den Hörsaal nebeneinander. Und als käme ihr der Gedanke ganz spontan, sagt sie plötzlich: »Also wirklich – mir war überhaupt nicht klar, dass Bambus immer beliebter wird. Aber Dr. Jones hat natürlich recht. Es ist ein interessanter Rohstoff.« Der

Traumtyp könnte jetzt auf verschiedene Weisen reagieren. Er kann zum Beispiel sagen: »Ja, absolut. Und es ist schon großartig, dass inzwischen so viele Firmen auf Nachhaltigkeit achten.« Oder: »Stimmt, das war mir auch nicht bewusst. Aber so, wie er davon sprach, schien er das anzunehmen.« Was immer er erwidert: Die Chancen stehen gut, dass sich eine ungezwungene Unterhaltung entwickelt.

Das gemeinsame Erlebnis – die Vorlesung nämlich –, auf das Jenn sich mit ihrem Eingangssatz beruft, liefert ihr die perfekte Ausrede, ein Gespräch anzufangen. Er und sie haben dasselbe erfahren, und sie kommentiert, wie sie die Vorlesung wahrgenommen hat. Er kann nicht wissen, dass er nicht nur zufällig die Person an ihrer Seite ist. Ihr Thema, ihre Stimme, ihre Körpersprache sind neutral, und aus der Art, wie sie ihn angesprochen hat, kann er keinesfalls entnehmen (jedenfalls nicht mit Sicherheit), dass sie etwas von ihm will.

Doch obwohl die Masche mit dem gemeinsamen Erleben eindeutig funktioniert, wenn es wirklich auf neutraler Ebene geschieht, bin ich davon nicht ganz so begeistert wie von dem anderen Ansatz, der Informationsmethode. Warum?

Weil jeder es so macht.

Diese Art der Aufreißmethode existiert nämlich schon so lange, wie Menschen versuchen, originelle Wege zu finden, um einander an die Wäsche gehen zu können. Männer versuchen es seit einer Ewigkeit mit »Ist das nicht ein herrlicher Abend heute?« oder »Ein köstlicher Wein, nicht wahr?«. Und das heißt, sie könnten die Taktik als solche erkennen und durchschauen.

Aber vielleicht auch nicht. Denn nur wenige Menschen tragen die Eröffnungssätze neutral vor. Die männliche Körpersprache zeigt häufig nur allzu deutlich, dass der Sprecher, der ein Mädchen mit »Wow, ist das nicht eine tolle Party?« anspricht, mehr will als nur netten unverbindlichen Small Talk.

Falls Sie sich also entscheiden, gemeinsames Erleben als Eröffnung zu verwenden, würde ich empfehlen, es mit einem Informationsbedürfnis zu verbinden, worüber wir (praktischerweise) im nächsten Abschnitt sprechen werden.

3. Gemeinsames Erleben plus Informationsbedürfnis schaffen

Diese Kombination hat als Eröffnung eine viel stärkere Wirkung als das gemeinsame Erleben allein.

Kehren wir zu Jenns Gespräch mit ihrem Traumtypen zurück. Statt nur zu sagen: »Also wirklich – mir war überhaupt nicht klar, dass Bambus immer beliebter wird. Aber Dr. Jones hat natürlich recht. Es ist ein interessanter Rohstoff«, könnte sie hinzufügen: »Aber sag mal, hast du mitbekommen, was er zu dem Prozentsatz der kalifornischen Firmen gesagt hat, die schon jetzt Bambus als Holzersatz nutzen? Da war ich gerade einen Augenblick abgelenkt.«

Falls er also anfangs der Meinung ist, dass sie sich ihm mit ihrer Feststellung bloß nähern wollte, weil er im umgekehrten Fall ebenfalls versuchen würde, ein Mädchen auf die Tour anzuquatschen, wird er sich bei der Anschlussfrage vorkommen wie ein Schuft – sie will gar nichts von ihm, sie braucht nur eine Antwort! Indem sie mit ihrer Schlussfrage ihr Informationsbedürfnis enthüllt, nimmt sie ihm (vermeintlich) die Chance, ihren Kommentar zur gemeinsamen Vorlesung als Anmache zu durchschauen.

Die neutrale Eröffnung – in Einzelschritten

Fassen wir noch einmal zusammen: Neutrale Eröffnungen sind deshalb so effektiv, weil sie es ermöglichen, mit dem Wunschkandidaten ein Gespräch anzufangen, ohne das persönliche Interesse zu verraten. Er darf denken, er habe die Frau angegraben und sie mit seiner Persönlichkeit beeindruckt; Sie wissen ganz genau, dass *Sie* ihn sich ausgesucht haben. Eine klassische Win-win-Situation.

Schauen wir uns an, wie sich die neutrale Eröffnung aufschlüsseln lässt. Sie besteht aus fünf Phasen (nachdem man den Traumtypen anvisiert hat, versteht sich).

1. Nähe suchen: Sie müssen nah genug an ihn herankommen, um Ihren Eröffnungssatz anbringen zu können. Lautes Brüllen hat selten den erwünschten Effekt.

2. Sich in den richtigen mentalen Zustand versetzen: Wer einen Mann nach seiner Meinung zu einem Thema fragt, über das man mit der Freundin diskutiert hat, muss voll auf dieses Thema konzentriert sein. Das gilt auch oder vor allem, wenn die Diskussion nur vorgeschoben ist und nicht wirklich stattgefunden hat. Kongruenz heißt das Zauberwort. Andernfalls kann die Frage falsch oder hölzern klingen und die Absicht der Frau als Lüge entlarvt werden.

3. Eröffnungssatz anbringen: und das ruhig, gelassen und cool.

4. Anschlussthema finden: Falls er ein schüchterner Kerl ist, kostet es etwas mehr Anstrengung, falls nicht, ist es erstaunlich einfach.

5. Zu ungezwungener Unterhaltung übergehen: Jetzt haben Sie ihn.

Im Folgenden stelle ich die Abschnitte etwas detaillierter vor:

---

1. Nähe suchen

Meiner Meinung nach ist die Nähe das entscheidende Kriterium. Wie ich bereits gesagt habe, ist Körpersprache sehr aussagestark. Wenn ich keinen anderen Grund habe, in der Nähe des Traumprinzen zu sein, außer dem, dass ich in seiner Nähe sein will, dann wird besagter Traumprinz meine Absicht schon erkennen, bevor ich überhaupt den Mund aufgemacht habe.

Falls ich beispielsweise in einem spärlich besetzten Flugzeug einen Wunschkandidaten entdecke, werde ich ihm wohl kaum eine halbe Stunde lang schöne Augen machen, mich dann zu ihm setzen und ein Gespräch beginnen. Wenn er, schon bevor ich den Mund aufmache, weiß, dass ich nur zu ihm komme, um ihn anzuquatschen, kann dieses Vorgehen schon per definitionem nicht neutral sein. Im Idealfall sollte es so aussehen, als sei ich aus einem anderen Grund in seiner Nähe, hätte ihn gesehen und ihn spontan angesprochen, um ihm eine Frage zu stellen. In einem Flugzeug würde ich warten, bis er aufsteht und umherläuft und mir dann irgendeinen Grund ausdenken, warum auch ich mich dort aufhalten muss, wo er gerade ist – vielleicht weil ich mir ebenfalls die Füße vertreten muss. In diesem Fall wäre eine neutrale Eröffnung wirklich neutral, und er würde nie auf die Idee kommen, dass ich andere Absichten habe.

In einer Bar, in der mein Traumtyp an der Theke sitzt, habe ich eine Vielzahl an Möglichkeiten, weswegen auch ich an die Theke muss: Ich brauche eine Serviette, einen Drink, einen Stift, um die Nummer eines anderen tollen Typen aufzuschreiben, mit dem ich gerade ins Gespräch gekommen bin. Ich bin aus allen möglichen Gründen dort, nur nicht wegen des Auserwählten selbst. Er hat keinen blassen Schimmer, was ich vorhabe.

Aber was tun, wenn sich einfach kein vernünftiger Grund finden lässt, um sich dem Traumtypen zu nähern?

Sagen wir, Sie befinden sich am Empfang ihres Fitnessstudios, und ein süßer Kerl steht an der Tür. Er befindet sich nicht nah genug am Schwarzen Brett, um das als Ausrede zu benutzen, und im Grunde genommen ist nichts als die Tür in seiner Nähe. In diesem Fall könnten Sie zum Beispiel so tun, als hörten Sie die Nachrichten auf dem Handy ab, während Sie langsam in seine Richtung driften. Dann sind Sie ausgerechnet in dem Augenblick »durch« mit Ihren Nachrichten, wenn Sie ihn erreicht haben, stecken das Handy weg und stellen ihm eine Frage.

Handys sind ohnehin großartige Hilfsmittel, da man sowohl beim SMS checken als auch beim Mailbox abrufen unverdächtig »gedankenverloren« durch die Gegend wandern kann. Selbst wenn Ihr Handy nicht mehr funktioniert, weil Sie es zum Beispiel versehentlich in Ihren Drink haben fallen lassen, können Sie immer noch *so tun*, als benutzten Sie es. Ein weiterer Vorteil ist, dass ein Handy nicht groß genug ist, um sich damit zu verletzen – ganz im Gegenteil zu einem Golfschläger.

Natürlich gibt es auch Situationen, in denen es etwas kniffliger ist, sich jemandem zu nähern. Aber keine Angst, ich war schon in so gut wie jeder Situation und habe mich gedanklich damit beschäftigt und eine Lösung gefunden; Sie finden sie im Anhang unter »Noch mehr Beispiele für Eröffnungen«.

2. Sich in den richtigen mentalen Zustand versetzen

Im Grunde genommen geht es hier darum, zu schauspielern. Sie spielen zum Beispiel die Rolle einer Frau, die nicht verstehen will, warum Männer arge Probleme haben, beim Fernsehen die Fernbedienung aus der Hand zu geben. Es hilft natürlich sehr, wenn dies ein Thema ist, dass Sie in der Tat verwirrt. Tut es das im entscheidenden Augenblick nicht, sollten Sie sich unbedingt in Erinnerung rufen, was Sie im Schauspielkurs in der Schule gelernt haben.

Um sich in den richtigen mentalen Zustand zu versetzen, beginnen Sie am besten damit, sich vorzustellen, dass das Thema Sie tatsächlich verwirrt. Wahrscheinlich ziehen sich die Augenbrauen zusammen, und ein fragender bis nachdenklicher Ausdruck erscheint auf Ihrem Gesicht. Beschäftigen Sie sich mit dem Thema, lassen Sie einzig und allein die Frage zu: Was – oh, was nur – verbindet den Mann, die Macht und die Fernbedienung?

Dann – da Sie sich bereits in ihrer Nähe befinden – wenden Sie sich den Männern zu, die direkt neben Ihnen stehen (und die Sie sich natürlich von vornherein ausgesucht haben) und fragen: »Hey, Jungs, könnt ihr mir mal etwas verraten. Warum ...?« Und so weiter und so fort.

Sobald Sie mit ihnen über das Thema reden, das Sie gerade derart beschäftigt hat, dass sie sie unbedingt fragen *mussten*, brauchen Sie nicht mehr zu schauspielern. Die Unterhaltung fließt entspannt dahin, und Sie können wieder Sie selbst sein. Ihr schauspielerischer Einsatz dauert also höchstens zwanzig Sekunden, denn länger braucht es nicht, um die Eröffnungsfrage zu stellen.

Die richtige mentale Einstellung ist unerlässlich, wenn Sie nicht riskieren wollen, dass die eigene Körpersprache Sie verrät. Wer wirklich im Thema ist, verhält sich auch so, wer hingegen nur ein Lippenbekenntnis abliefert, kann rasch steif und unecht wirken. Der Mann Ihrer Wahl könnte annehmen, dass Sie etwas zu verbergen haben. (Mich hat mal einer gefragt, ob ich dealen würde?) Falls Sie sich aber in einen mentalen Zustand versetzen können, in dem die Antwort auf die Frage Sie tatsächlich so brennend interessiert, dass Sie keine Sekunde mehr warten wollen, dann wird sich alles andere ergeben. Ihre Körpersprache, Ihre Stimme, Ihre Worte werden zueinander passen. Wenn alle Elemente sich zusammenfügen, wird kein männliches Wesen, das auch nur einen Funken Esprit in sich hat, Ihnen eine Antwort verweigern.

Ich habe festgestellt, dass mir das mentale Feintuning am besten gelingt, wenn ich bereits in der Nähe des Auserwählten bin; daher die Reihenfolge meiner Schritte. Versuche ich es vorher, bin ich gewöhnlich so sehr auf mein Thema konzentriert, dass ich a) vergesse, was ich vorhatte, oder b) gegen Mobiliar oder andere Personen stoße. Es gibt sicher Menschen, die einen Gedankengang im Kopf behalten können, ohne das Ziel aus den Augen zu verlieren, sodass meine Reihenfolge wohl nicht die allein selig machende ist. Für meine Methode spricht aber außerdem, dass sich der Gesichtsausdruck erst dann verändert, wenn man bereits in der Nähe des Zielobjekts ist, sodass das folgende Handeln – über ein Thema nachdenken, sich wundern, Frage stellen – sehr viel authentischer wirkt. Und das kann ja nie schaden.

3. Eröffnungssatz anbringen

Bars können zu laut, Cafés zu ruhig und andere Orte im Freien zu sehr von störenden Alltagsgeräuschen belastet sein.

Ich habe eine Weile gebraucht, um das zu begreifen, aber es ist wichtig, die Lautstärke der eigenen Stimme an die jeweilige Umgebung anzupassen. Es ist außerdem sehr hilfreich, nicht zu nuscheln, sondern klar und deutlich zu sprechen. Ich jedenfalls bin immer heilfroh, wenn der Betreffende beim ersten Mal versteht, was ich sage, sodass ich mich nicht wiederholen muss.

Für den Eröffnungssatz gelten dieselben Kriterien wie für eine Rede vor größerem Publikum. Wer zu schnell spricht, wird nicht nur schlecht verstanden, sondern verrät auch Nervosität, wodurch die Botschaft unterminiert wird: Wieso nervös sein, wenn man doch nur eine harmlose Frage beantwortet wissen will?

Falls Sie ein Mensch sind, der bei öffentlichen Auftritten nervös wird, üben Sie einfach vor dem Spiegel und hören Sie sich selbst zu. Mag sein, dass Ihre Mitbewohner eine Weile Ihre geistige Gesundheit anzweifeln, aber je öfter Sie Ihren Eröffnungssatz sagen, umso natürlicher kommt er Ihnen von den Lippen. Denken Sie daran: Ihr Traummann hat keine Ahnung, dass er Ihr Zielobjekt ist. Sie sind einfach nur eine selbstbewusste Frau mit einer Frage.

4. Anschlussthema finden

Allein mit meinen Beispielsätzen kann man das anschließende Gespräch in ganz verschiedene Richtungen steuern, nachdem der Angesprochene auf die Frage geantwortet hat.

Manchmal ist die Antwort, die der Gefragte gibt, spannend oder ergiebig genug, um das Gespräch locker weiterfließen zu lassen. Ein anderes Mal mag der Typ Ihrer Träume alles andere als eine Plaudertasche sein: Vielleicht ist er fassungslos, dass eine tolle Frau wie Sie ihn anspricht, vielleicht ist sein Hund am Tag zuvor gestorben, vielleicht erinnern Sie ihn an seine Schwester – was immer es ist, er reagiert maulfaul.

Und da man nie weiß, was für ein Typ Gesprächspartner der Auserwählte ist, bevor man ihn angesprochen hat, ergibt es Sinn, sich vorher zu überlegen, wohin Sie das Gespräch nach der erste Reaktion steuern könnten.

Kehren wir als Beispiel noch einmal zurück zu Mary, die ihren Traumtypen im vorherigen Abschnitt in der Bar anquatscht. Falls der Angesprochene mit »Äh …« antwortet statt mit »Wie lief denn das erste Date?« oder »Will er ihr seine Freund*innen* oder seine Freunde vorstellen?«, muss Mary etwas in petto haben, womit sie die Unterhaltung weiterführen kann. Sie könnte zum Beispiel nachhaken, indem sie fragt: »Ich weiß allerdings nicht mehr, ob er Freundinnen oder Freunde gesagt hat. Meinst du, das macht einen Unterschied?« Zum Zeitpunkt der zweiten Frage sollte er sich eigentlich gefasst haben, sofern er nur vorübergehend sprachlos gewesen oder von Natur aus ein wenig scheu ist.

Meiner Erfahrung nach dauert es höchstens dreißig Sekunden, bis eine Unterhaltung den Punkt erreicht hat, an dem man ungezwungen und natürlich miteinander plaudert. Sollte es sich länger hinziehen, ist die Annäherung vielleicht nicht ideal verlaufen – oder er will einfach nicht. Lassen Sie es gut sein, und versuchen Sie es bei jemand anderem noch einmal.

5. Zu ungezwungener Unterhaltung übergehen

Nach ungefähr dreißig Sekunden ist es also meistens so weit: Man plaudert so ungezwungen miteinander, als sei man einander von einem gemeinsamen Freund vorgestellt worden. Wenn Sie jetzt zum Beispiel fragen: »Und? Wohnst du auch hier in der Nähe?«, wird er keinesfalls glauben, dass Sie andere als völlig unschuldige Absichten haben – im Gegenteil: Er wird annehmen, dass *er* seine Karten richtig ausgespielt hat. Denn schließlich hat er mit seiner scharfsinnigen Analyse zur Frage, wieso Männer nicht von der Fernbedienung lassen können, das Interesse einer tollen Frau geweckt, der eigentlich nichts ferner gelegen hat, als an diesem Abend einen Mann in einer Bar anzusprechen.

Weitere Tipps, wie man zu einer ungezwungenen Unterhaltung übergehen kann, sind im Anschlusskapitel unter der Überschrift **Diese Frau will ich kennenlernen** und **Eine Beziehung aufbauen** aufgelistet.

Ich hoffe, dass ich Sie davon überzeugen konnte, dass neutrale Eröffnungen die beste Methode sind, um mit netten Männern ins Gespräch zu kommen.

Meiner Erfahrung nach haben die meisten Frauen noch nie versucht, den ersten Schritt zu machen. Für all diese Frauen gebe ich im folgenden Abschnitt einen kleinen Einführungskurs in die Welt der weiblichen Anmache. Auch ich rufe mir immer wieder diese Grundlagen ins Gedächtnis, vor allem an jenen Abenden, an denen das Selbstbewusstsein am Boden liegt. Sie kennen das: Fiese PMS-Symptome bremsen Sie aus, der Chef ist unfair, und in der Frühstückspause kippt man sich Kaffee auf die weiße Lieblingshose. An solchen Tagen muss ich mich ganz behutsam wieder in die Spur kriegen und mich darauf besinnen, was ich kann. Auf die Piste zu gehen, ohne in der richtigen Stimmung zu sein, bringt mir selten erwünschte Ergebnisse.

Die 5-Schritte-Technik: Praktische Übungen zur Aneignung von Selbstvertrauen und des nötigen Rüstzeugs

Ich habe die Aufbauarbeit in fünf Level eingeteilt. Wenn ich davon Gebrauch mache, beginne ich immer einen Level höher, als es meinem momentanem seelischen Zustand entspricht.

Jede Übung ist so gestaltet, dass sie in gewissem Maß als Eröffnung dienen kann. Der erste Level ist der leichteste, der fünfte der schwierigste – aber auch der, der die besten Resultate erzielt.

Wahrscheinlich lernen Sie allein durch die Übungen auf den unteren Levels eine Menge Männer kennen. Bleiben Sie dran und nehmen Sie immer erst dann die nächste Schwierigkeitsstufe in Angriff, wenn Sie sich bereit dazu fühlen.

Level 1

Hier soll das Gegenteil von dem geprobt werden, was ich bei der neutralen Annährung predige, denn Sie sollen den Mann durch Blicke wissen lassen, dass er Ihnen gefällt. Wenn man einen Schub fürs Selbstbewusstsein dringend nötig hat, ist diese Strategie genau die richtige.

Suchen Sie sich jemanden aus, den Sie spannend finden, und stellen Sie Augenkontakt her. Sie müssen nicht in seine Nähe kommen, Sie müssen sich keine Gedanken machen, welches Thema ihn interessieren könnte, Sie müssen ihn nicht einmal ansprechen. Falls Sie sich gerade besonders wagemutig fühlen, können Sie ihn auch anlächeln. Er weiß nun, dass

Sie Interesse an ihm haben, aber in diesem Fall ist das beabsichtigt: Dieser Level zielt ausschließlich darauf ab, Kontakt mit einem Mann aufzunehmen, den man interessant findet. Je nach Situation wird in acht von zehn Fällen nichts passieren. In einer Bar könnte er den Wink verstehen und genügend Mut aufbringen, zu Ihnen zu kommen. Im Supermarkt fühlt er sich vielleicht nicht einmal angesprochen und meint, sie würden einen Bekannten hinter ihm anlächeln. Dennoch tun Sie auf diesem Level etwas, das manchmal klappt, ohne dass man sich der Gefahr einer Demütigung aussetzt: Sie riskieren keine Zurückweisung und müssen einen Misserfolg nicht persönlich nehmen, da Sie ja schon wissen, dass es ohnehin nicht übermäßig Erfolg versprechend ist.

Wenn Sie also megaschüchtern sind, dann ist dies ein erster Schritt, den Sie locker bewältigen können.

Level 2

Jetzt ein bisschen Nähe. Mehr nicht. Ziel dieses Levels ist es, den Mut aufzubringen, sich dem Traumtypen zu nähern. Nähe bedeutet nicht zwingend so nah, dass Sie ihn vom Barhocker stoßen (Sie erinnern sich), aber doch nah genug, dass er mit Ihnen ein Gespräch beginnen könnte, wenn er es denn wollte.

Setzen Sie zum Beispiel Ihr Handy ein. Tun Sie so, als hörten Sie Nachrichten ab (oder tun Sie es tatsächlich), während Sie scheinbar ziellos umherirren. Eine solche Annäherung kann unmöglich nach Absicht aussehen. In einer Bar ist es besonders einfach – holen Sie sich irgendetwas an der Theke: Drink, Serviette, was auch immer. Und selbst wenn er nicht an der Theke steht, gibt es in einer Bar meistens genügend Anlaufstellen, die Sie zu ihm oder an ihm vorbei führen: Sie schauen in der Jukebox nach einem Song, müssen zu den Toiletten, wollen beim Billard zusehen oder vor die Tür etwas frische Luft schnappen.

Durch diese Übung sollen Sie sich ganz allgemein mit dem Vorgang vertraut machen, sich dem Mann Ihrer Wahl zu nähern. Öfter, als man vermutet, wird man dann auch angesprochen: Sie sind eine tolle Frau, und Sie befinden sich gerade in der Nähe. Falls das nicht passiert, müssen Sie sich auch hier wieder sagen: nicht persönlich gemeint. Vielleicht ist er zu scheu oder hat Sie noch gar nicht bemerkt. Üben Sie; es ist enorm wichtig, sich in der Nähe des Zielobjekts wohlzufühlen und natürlich zu benehmen. In meinen Augen ist es sogar die halbe Miete.

Level 3

Kommen Sie dem Wunschkandidaten nah, und stellen Sie ihm eine Frage, die nicht zu einem Gespräch führen soll. Fragen Sie zum Beispiel nach der Zeit. Da die Frage allein auf eine neutrale Information abzielt, machen Sie sich selbst keinen Druck, während er keinesfalls annehmen wird, dass Sie ihn angraben wollen. Vor allem, weil Sie sich sofort nach seiner Antwort mit einem freundlichen »Danke schön« umwenden und gehen. Auch hier ist es überraschend, wie oft der Mann versuchen wird, das Gespräch dennoch fortzuführen.

Denken Sie nur daran, keine Uhr zu tragen.

Level 4

Nähern Sie sich dem Mann Ihrer Wahl, und stellen Sie ihm eine Frage, die zu einer Unterhaltung führt, aber lassen Sie keinen Zweifel daran, dass Sie bereits vergeben sind und daher kein Interesse an ihm haben.

Zum Beispiel in einem Laden. Suchen Sie sich einen Kerl aus; er muss nicht einmal attraktiv sein, Sie üben ja nur. Starten Sie mit »Darf ich Sie was fragen? Ich suche ein Geschenk für meinen Freund. Welchen dieser MP3-Player hier finden Sie cooler?« Kein männliches Wesen dieser Erde hat ein so fehlgeleitetes Selbstbewusstsein, dass es nach Erwähnung des Freundes im ersten Satz glaubt, Sie wollten es aufreißen, daher steht es felsenfest, dass der verbale Austausch neutral bleibt.

Dummerweise steht außerdem felsenfest, dass ab einem gewissen Punkt Schluss ist. Aber sie wollen ja ohnehin nur üben.

Level 5

Okay, jetzt sind Sie so weit. Starten Sie eine Offensive wie in Level 4, aber ersetzen Sie »meinen Freund« durch »einen Freund«. Da die Interaktion dennoch neutral bleibt, kann sie leicht in eine ungezwungene Unterhaltung führen. Wenn Sie sich durch die anderen Stufen gearbeitet und so lange geübt haben, bis Sie ganz natürlich damit umgehen, sollten Sie sich inzwischen die nötigen Fähigkeiten angeeignet haben, auch mit diesem letzten Level fertig zu werden.

Im nächsten Abschnitt habe ich Beispiele für jede erdenkliche Situation aufgelistet. Außerdem gebe ich Ihnen Tipps, wie Sie sich selbst großartige Eröffnungen einfallen lassen können.

Viele, viele schöne Eröffnungssätze

Die Beispiele, die ich im Folgenden aufgelistet habe, basieren alle auf dem neutralen Ansatz: Sich nähern, sich in den nötigen mentalen Zustand versetzen, eröffnen und nachfassen.

Die Sätze in diesem Kapitel und im Anhang sind alle von mir persönlich erprobt – Sie können also sicher sein, dass sie tatsächlich funktionieren.

Natürlich können und sollen Sie mit den Wörtern und Themen spielen und sie sich zu Eigen machen; was ich Ihnen hier an die Hand geben möchte, sind nur allgemeine Richtlinien. Eröffnungen wirken natürlicher, wenn Sie sich in Ihrem eigenen Vokabular über bestimmte Dinge so intensiv Gedanken machen, dass Sie augenblicklich eine Antwort darauf wollen.

Mein Ziel ist es, Ihnen einen Eröffnungssatz und zwei oder drei Folgesätze zu präsentieren, die unabhängig von der Gegenreaktion funktionieren. Falls er in Wirklichkeit etwas sagt, an das sich eine ganz andere Unterhaltung anknüpfen lässt – umso besser! Bleiben Sie dran. Doch für jene Fälle, in denen er nichts Brauchbares erwidert, sollten Sie nicht von einem Fuß auf den anderen treten und verlegen zu stammeln beginnen. Und da Sie keine Ahnung haben, ob Ihr Beutestück von der gesprächigen Sorte ist, ist es mehr als sinnvoll, sich zuvor einige Hilfen zurechtzulegen.

Anstelle der männlichen Reaktion auf die Eröffnungen habe ich in den meisten Fällen »Bla bla bla« gesetzt, um damit zu verdeutlichen, dass der Inhalt seiner Antwort nicht relevant ist. Beim ersten Beispiel mache ich allerdings noch eine Ausnahme und hänge eine zweite Version an, damit Sie sehen, dass der Austausch auch mit maulfaulen Kandidaten funktioniert, ohne dass Sie Ihre Sätze verändern müssen.

James-Bond-Eröffnung I

SIE: »Meine Freunde und ich diskutieren gerade darüber, wer der beste James Bond war. Im Moment haben wir praktisch Gleichstand zwischen Sean Connery, Daniel Craig und Pierce Brosnan. Wer hat recht?«

ER: »Bla bla bla.«

SIE: »Und welcher Film war der beste?«

ER: »Bla bla bla.«

SIE: »Ernsthaft? Das ist ja interessant.« (Je nachdem, was er antwortet:) »Deine Meinung unterscheidet sich ja extrem von/deckt sich genau mit meiner. Was sind denn überhaupt so deine Lieblingsfilme ...?«

James-Bond-Eröffnung II

SIE: »Meine Freunde und ich diskutieren gerade darüber, wer der beste James Bond war. Im Moment haben wir praktisch Gleichstand zwischen Sean Connery, Daniel Craig und Pierce Brosnan. Wer hat recht?«

ER: »Na ja ... eigentlich sehe ich da keinen großen Unterschied.«

SIE: »Und welcher Film war der beste?«

ER: »Also, der letzte Bond war ziemlich klasse. Rasante Action, coole Szenen ... Ja, ich denke, der hat mir bisher am besten gefallen.«

SIE: »Ernsthaft? Das ist ja interessant. Deine Meinung deckt sich genau mit meiner. Was sind denn überhaupt so deine Lieblingsfilme ...?«

Verstehen Sie, was ich meine? Seine erste Antwort lässt Ihnen keinen Raum, mit der klassischen Debatte Sean gegen Daniel gegen Pierce weiterzumachen. Indem man aber noch Ausweichsätze innerhalb desselben Themas anbringt, erhöhen sich die Chancen, dass er irgendwann reagiert. Ihr dritter Satz erweitert das Thema so sehr, dass die Unterhaltung jetzt in allen Richtungen fortgesetzt werden kann.

Noch eines: In diesem Kapitel präsentiere ich nur eine kleine Auswahl an Eröffnungssätzen. Im Anhang finden sich noch sehr viel mehr. Während meiner »Lehrjahre« stieß ich immer wieder auf Situationen, die mir zunächst für Annäherungsversuche vollkommen ungeeignet schienen. Doch immer fiel mir letztendlich doch eine Lösung ein, die ich dann prompt einer Testreihe unterzog, sodass meine Leserinnen sich der Wirksamkeit sicher sein können. Im Anhang habe ich also jede erdenkliche Situation aufgelistet, und wenn Sie meinen, es gäbe keine Möglichkeit, den appetitlichen Kerl anzusprechen, dem Sie jeden Morgen in der U-Bahn begegnen, dann wird es Sie freuen, zu hören, dass Sie sich irren.

Dieses Kapitel ist nicht dazu gedacht, von vorne bis hinten durchgelesen zu werden, sondern soll im Bedarfsfall als Nachschlagewerk dienen.

Ich mag Bars. In Bars befinden sich stets viele männliche Wesen, und an einem Freitag- oder Samstagabend stehen die Chancen gut, dort vielen Singles zu begegnen. In einer Bar hat es niemand eilig, und es ist gesellschaftliche Norm, dass man dort ungezwungen über dieses und jenes plaudert. Meistens herrscht auch ein gewisser Lärmpegel, sodass nur die Leute, die sich direkt in der Nähe befinden, hören, was man sagt. Was auch bedeutet, dass man denselben Eröffnungssatz gleich mehrmals anbringen kann. Die nächsten Beispiele sind großartige Barsätze.

Im Fitnessstudio

SIE: »Hey, Jungs. Könnt ihr mir mal was erklären? Wie kommt es eigentlich, dass Männer im Fitnessstudio immer so grunzen? Als ich heute beim Sport war, hat einer so laute Geräusche von sich gegeben, dass ich unten am Empfang zusammengezuckt bin. Was soll das? Warum tun Männer das?«

JUNGS: »Bla bla bla.«

SIE: »Frauen tun das nicht, obwohl sie sich ebenfalls verausgaben und mit Maximalkraft dabei sind. Da Frauen wie Männer Menschen sind, muss es biologisch möglich sein, dabei nicht zu grunzen.«

JUNGS: »Bla bla bla.«

SIE: »Okay, ich gebe zu, dass auch Frauen manchmal grunzen. Beim Tennis zum Beispiel. Aber dann ist es eher ein Ächzen, jedenfalls nicht so laut. Grunzen muss männlich sein.«

JUNGS: »Bla bla bla.«

SIE: »Hmm. Ihr tut's auch – gebt's schon zu.«

JUNGS: »Bla bla bla.«

Angelina Jolie

SIE: »Darf ich euch mal was fragen?«

JUNGS: »Bla bla bla.«

SIE: »Stehen Jungs generell auf Angelina Jolie?« (Achtung: Um neutral zu bleiben, ist es wichtig, nach der Meinung der männlichen Bevölkerung im Allgemeinen zu fragen, und nicht »Steht ihr?« oder sogar »Stehst du?«.)

JUNGS: »Bla bla bla.«

SIE: »Na ja, wisst ihr, es kommt mir komisch vor. Die meisten Frauen, die ich kenne, finden sie großartig, aber die Männer sind offenbar gar nicht so heiß auf sie. Oder sehe ich das falsch?«

JUNGS: »Bla bla bla.«

SIE: »Und Julia Roberts? Findet ihr den Mund zu groß? Viele Freunde von mir stört das.« (Hier ist es ganz okay, nach der persönlichen Meinung zu fragen, denn wir befinden uns schon in der Anschlussunterhaltung.)

JUNGS: »Bla bla bla.«

SIE: »Ich war letzte Woche in [beliebigen Filmtitel einfügen]. Hat einer von euch den schon gesehen?«

Diese Frage ist ein großartiger Anschluss für unzählige Eröffnungssituationen. Zu Kinofilmen hat nahezu jeder eine Meinung, Gespräche lassen sich daher mit diesem Thema sehr leicht ungezwungen fortsetzen.

Fernbedienung

SIE: »Hey, Jungs, erklärt mir bitte mal eins: Was hat es bloß mit Männern und Fernbedienungen auf sich? Wir haben uns eben in einer größeren Gruppe das Spiel angeguckt. Immer wenn Werbung kam und wir Mädels wegzappen wollten, gab es lautes Geschrei. Wieso?«

JUNGS: »Bla bla bla.«

SIE: »Wovor fürchten sich Männer nur, wenn Frauen die Fernbedienung in den Händen haben?«

JUNGS: »Bla bla bla.«

SIE: »Wie sollen wir Frauen denn lernen, mit den vielen unterschiedlichen Dingern umzugehen, wenn ihr Jungs sie so eifersüchtig bewacht? Wie gut könntet ihr wohl den Festplattenrekorder programmieren, wenn wir Mädels es üblicherweise für euch täten?«

JUNGS: »Bla bla bla.«

SIE: »Ein Freund von mir hat sich letztes Jahr einen Festplattenrekorder gekauft. Seitdem sieht man ihn praktisch nicht mehr. Es ist fast, als ob er eine neue Freundin hat.«

JUNGS: »Bla bla bla.«

Eröffnungssätze außerhalb einer Bar:
Im Supermarkt

SIE: »Entschuldigung. Darf ich dich mal was fragen?«

ER: »Bla bla bla.«

SIE: »Danke. Ich bin heute Abend zum ersten Mal zum Pokern eingeladen, und ich würde gerne etwas Originelles mitbringen – nicht einfach die üblichen Chips und Dips. Hättest du vielleicht einen Tipp?«

ER: »Bla bla bla.«

SIE: »Und was ist mit Bier? Da gibt's doch auch Ausgefallenes, oder? Die Jungs sind ein bisschen eingefahren, was die Marke angeht, und ich würde gerne ihren Horizont erweitern ...«

ER: »Bla bla bla.«

SIE: »Okay, dann besorge ich [Biermarke]. Weißt du, ich versuche mir schon den ganzen Nachmittag einzuprägen, in welcher Reihenfolge die Kartenkombinationen gestaffelt sind. Gibt's da einen Trick oder eine Faustformel oder so was?«

ER: »Bla bla bla.«

Im Coffeeshop

Gehen Sie kurz raus und tun Sie so, als telefonierten Sie – oder telefonieren Sie wirklich. Wenn Sie zurückkommen, setzen Sie sich neben den Mann, den Sie kennenlernen wollen.

SIE:	»Entschuldige, kann ich dich was fragen? Ich habe gerade mit meiner Freundin gesprochen, und sie ist ein bisschen beunruhigt. Sie ist ein paar Mal mit einem Typen aus gewesen, und jetzt hat er ihr auf den Anrufbeantworter gesprochen: ›War nett am Dienstag. Wir sehen uns.‹ Was versteht man in Männersprache unter ›Wir sehen uns?‹«
ER:	»Ich weiß nur, was es bedeutet, wenn ich es sage. Ich meine damit, dass ich tatsächlich nichts dagegen hätte, sie wiederzusehen, aber es muss nicht morgen oder nächste Woche sein.«
SIE:	»Was denn jetzt genau? Meinst du, der Bursche will sie wiedersehen oder eher nicht?«
ER:	»Na ja, es ist kein totales Aus, aber ich denke, wenn er sie wirklich wiedersehen wollte, hätte er die nächste Verabredung direkt festgemacht.«
SIE:	»Oje. Das leite ich gleich mal an sie weiter. Das erste Date muss wohl super gelaufen sein. Sie waren in diesem neuen Laden auf der Main Street. Kennst du den?«

Falls Sie sich in Situationen wiederfinden, in denen es nicht so angemessen ist, sich über Geschlechterstereotypen lustig zu machen, können folgende Eröffnungsszenen wirkungsvoll sein. Noch einmal zur Erinnerung: Ich liste im Anhang noch viele andere Sätze auf, von denen die meisten nicht mit der »Was-halten-Sie-als-Mann-davon?«-Frage spielen.

Im Buchladen

SIE: »Entschuldigung, kann ich dich etwas fragen? Ich suche ein Geschenk für einen Freund. Findest du es zu schräg, jemanden den *Dating für Dummies*-Ratgeber zu kaufen?«

ER: »Bla bla bla.«

SIE: »Doch, er ist ein echt toller Kerl, geht aber meistens zu direkt vor und schlägt damit alle Mädels in die Flucht. Wir sagen es ihm immer wieder, aber er hört nicht auf uns.«

ER: »Bla bla bla."

SIE: »Hm. Und was, wenn ich ihm irgendeine technische Spielerei kaufe? Was ist denn gerade so in, weißt du das zufällig?«

ER: »Bla bla bla.«

SIE: »Wow, du kennst dich gut aus. Arbeitest du vielleicht im technischen Bereich?«

Auf der Straße

SIE: »Entschuldigung. Kennen Sie hier irgendwo in der Nähe einen Buchladen?«

ER: »Bla bla bla.«

SIE: »Ich wohne jetzt schon seit einem Jahr hier und weiß immer noch nicht, wo der Buchladen ist – nicht zu fassen. Ich liebe Buchläden, aber ich hatte bisher einfach zu viel zu tun, um mir hier einen zu suchen. Und jetzt darf ich mir nicht einmal selbst etwas kaufen, sondern suche ein Buch für einen Freund. Sagen Sie, fänden Sie es als Mann schräg, wenn man Ihnen *Dating für Dummies* schenkt?«

ER: »Bla bla bla.«

Anschließend können Sie einfach die Buchladen-Eröffnung benutzen. Ich habe dieses Beispiel hier eingefügt, um zu zeigen, dass sich die Eröffnungen auf verschiedene Situationen anwenden lassen, indem man sie kombiniert.

Wo auch immer Sie gerade sind

Sie sollten einen Zwanzigeuroschein bei sich haben.

SIE: »Darf ich Ihnen etwas verraten?«

ER: »Klar.«

SIE: »Ich habe gerade zwanzig Euro auf der Straße gefunden. Ich habe mich umgesehen, aber da war niemand, der ihn hätte verloren haben können. Meinen Sie, es ist okay, wenn ich ihn behalte?«

ER: (lacht) »Wenn Sie nicht gesehen haben, wie er

	jemandem aus der Tasche gefallen ist, dann ist heute wohl Ihr Glückstag.«
SIE:	»Ja, aber irgendwie ist es merkwürdig. Ich finde, ich sollte etwas Besonderes damit machen. Zehn große Eis kaufen zum Beispiel.«
ER:	»Wie wär's mit einem 1-Euro-Shop? Da kriegen Sie zwanzig verschiedene Dinge ...«
SIE:	»Das ist ja 'ne tolle Idee. Und – was führt Sie hierher/wohin müssen Sie gerade?«

Viele der beschriebenen Eröffnungen lassen sich natürlich auch wunderbar auf Reisen anwenden (egal, ob Sie nun geschäftlich oder privat unterwegs sind) – vor allem natürlich, wenn Sie in einer Bar oder in einem Club sind. Trotzdem gebe ich hier ein paar reisespezifische Beispiele, die es Ihnen erleichtern, auch mit einheimischen Leckerbissen ins Gespräch zu kommen. Und wenn der von Ihnen anvisierte Traumtyp auf Geschäftsreise ist, hat er ziemlich sicher nichts gegen ein wenig Plauderei – schließlich fühlt man sich auf solchen Reisen manchmal sehr einsam.

An der Hotelbar: Restaurant-Eröffnung

Diese Eröffnung funktioniert sehr gut in Ländern oder Gegenden, die für ihre kulinarischen Spezialitäten bekannt sind (Italien, Japan, Mexiko). Man kann die Unterhaltung erweitern, indem man sich nach Lokalen erkundigt, in denen die Einheimischen essen.

SIE: »Entschuldigen Sie, darf ich Sie etwas fragen? Wissen Sie, ob es in dieser Gegend ein gutes [Art des Restaurants einfügen] gibt? Ich habe so Lust auf [Art des Essens].«

ER: »Bla bla bla.«

SIE: »Toll, danke. Kennen Sie sich auch mit authentischen Souvenirs aus? Ich will meiner Schwester etwas wirklich Typisches mitbringen.«

ER: »Bla bla bla.«

SIE: »Oh, das ist eine großartige Idee. Was führt Sie eigentlich hierher? Sind Sie auch geschäftlich unterwegs?«

ER: »Bla bla bla.«

Im Museum

SIE: »Eigentlich bin ja hier, um mir [die Kunst/das Museum/das Werk etc.] anzusehen, aber mir geht gerade eine Sache einfach nicht aus dem Kopf. Ich habe eben auf der Straße etwas Merkwürdiges beobachtet. Zwei Frauen sind aneinander vorbeigegangen, und die eine hat etwas zu der anderen gesagt. Daraufhin nahm die andere einen Geldschein aus der Tasche, zerknüllte ihn und bewarf die andere damit. So was ist mir echt noch nie untergekommen, das ist doch nicht normal, oder?«

ER: »Bla bla bla.«

SIE: »Würden *Sie* jemanden mit Geld bewerfen?«
ER: »Bla bla bla.«

Im Zug

SIE: »Entschuldigen Sie, wissen Sie, wie spät es ist?«
ER: »Bla bla bla.«
SIE: »Puh, ich denke, das schaffe ich gerade noch. Ich muss nämlich um halb acht in [Zielort] sein. Wissen Sie, wie ich da am schnellsten hinkomme?«
ER: »Bla bla bla.«
SIE: »Toll, vielen Dank. Die Bahnverbindungen hier sind aber auch ziemlich gut. Meistens ist das ja nicht der Fall. Fahren Sie diese Strecke öfter?«
ER: »Bla bla bla.«

Mut zur eigenen Eröffnung?

Dann probieren Sie es unbedingt aus. Besonders gut funktionieren Eröffnungssätze nach den folgenden Mustern:

Hilf mir/uns bitte, eine Diskussion zu klären

Dazu eignet sich jede beliebige Diskussion unter Freunden, bei der die Meinung eines Außenstehenden benötigt wird. Am besten sind natürlich Themen, die mit Männern zusammenhängen oder Männer interessieren. »Jungs? Wer macht bessere Schuhe? Christian Louboutin oder Jimmy Choo?« wird es wahrscheinlich kaum bringen, aber die folgenden Beispiele könnten hilfreich sein:

SIE: »Jungs, bitte helft mir mal eben. Wir diskutieren gerade über *Terminator.* Meine Freundinnen meinen, der Film sei Schwachsinn pur und Arnie könne gar nix. Könnt ihr ihnen ein bisschen Verstand beibringen? Ich meine, denen entgeht doch das Wesentliche, oder?« (Oder suchen Sie sich einen anderen typischen Jungsfilm – *Gladiator, 300, Crank* – aus, den die meisten Mädels nicht besonders spannend finden.)

SIE: »Okay, Jungs, ich brauche mal dringend eure Meinung. Da hinten sitzen ein paar Freunde von mir, die behaupten, Sport sei nur dann richtig hart, wenn man sich dabei gemein wehtun kann – wie Boxen, Klettern, Skydiving und so weiter. Aber ich denke, dass man viele Sportarten richtig extrem betreiben kann – Laufen zum Beispiel, das sieht man ja beim Marathon oder Triathlon. Was meint ihr?«

Was soll ich machen?/Was würdest du tun?

Denken Sie sich einfach ein Szenario aus, das von männlichem Input profitieren würde: »Jungs, ich bräuchte mal euren Rat. Eine Freundin von mir hat vor einer Woche einen Typen kennengelernt, und sie haben Telefonnummern ausgetauscht. Er meinte, er würde anrufen, hat es aber bisher nicht getan. Soll *sie* es jetzt tun, oder ruft er einfach deshalb nicht an, weil er doch nicht auf sie steht?«

Warum funktioniert das?

Warum kommt man mit solchen Eröffnungen weitaus besser ins Gespräch als nur mit einem »Hi« oder einem Kompliment zu seinen Schuhen?

Weil Sie sich vollkommen in der eigenen Realität bewegen und sich somit dem Verdacht, Ihr Gegenüber angraben zu wollen, ziemlich sicher entziehen.

Sie möchten zu einem Erlebnis oder einer Frage, die Sie betrifft, einen Rat oder nur eine andere Meinung hören, und rein zufällig ist ausgerechnet ein männliches Wesen besonders qualifiziert, sich dazu zu äußern. Je genauer das Thema zu Ihren Lebensumständen passt, umso authentischer sind Sie und umso weniger kommt der Mann Ihrer Wahl auf den Gedanken, dass Ihre Frage ausschließlich Mittel zum Zweck ist. Wenn anschließend ein Kumpel Ihres Traumtypen vorbeikäme und sagen würde: »Hey, Mann, hast du eigentlich nicht gemerkt, dass die Kleine dich angegraben hat?«, könnte er im Brustton der Überzeugung verkünden: »Ganz und gar nicht. Ein Freund von ihr hat ein Problem mit X oder Y, und sie wollte einen Rat zu diesem Thema. Sie ist gerade eben rausgegangen, um ihn anzurufen.« Oder: »Ne, sie hat nur mit ihren Freundinnen über X oder Y diskutiert und brauchte die Meinung eines Außenstehenden.«

Selbst wenn er einen Verdacht hat, kann er nichts belegen – und könnte sich irren! –, und Sie vergeben sich nichts, denn Ihre neutral angebrachte Frage funktioniert als perfektes Deckmäntelchen und macht die Annäherung zwanglos.

Welche Eröffnung Sie verwenden, kommt in der Regel auf die Situation an. In einem Club oder einer Bar wählt man eher ein Thema, mit dem man Small Talk machen oder über das man lachen kann, da die Leute dort vor allem Spaß haben wollen. Wenn man sich aber auf dem Golfplatz oder im Park befindet, kommt etwas Ruhigeres, vielleicht Ernsteres besser an. Und da man im Freien meist weniger erwartet, angesprochen zu werden, muss man die Eröffnung auch in dieser Hinsicht anpassen.

Unabhängig von den Örtlichkeiten heißt das Schlüsselwort »neutral«; die neutrale Eröffnung verspricht in jeder Situation am meisten Erfolg. Da man kein sexuelles Interesse an dem Angesprochenen zeigt, kann sich eine nette, ungezwungene Unterhaltung entwickeln. Und falls der Mann, den Sie angesprochen haben, tatsächlich so cool ist, wie Sie gedacht haben, kann das wiederum zum ersten Date führen.

Die »Guten« gibt es überall

Meine langjährige Such- und Testphase hat mir zu vielen interessanten Erkenntnissen verholfen, und eine davon lautet: Es gibt mehr gut aussehende, lustige, intelligente und sensible Kerle, als ich je für möglich gehalten hatte.

Wenn ich mich auf eine Schätzung einlassen soll, haben ungefähr zehn Prozent der Burschen, die man an einem Abend trifft, das Selbstvertrauen, ein Mädchen anzusprechen. Diese zehn Prozent haben so aufgeblasene Egos, dass man sich ihnen kaum nähern kann, ohne abzuprallen. Sie sind die Größten. Und im Allgemeinen so unerträgliche Blender, dass man sie sich getrost sparen kann.

Weitere zwanzig Prozent der Männer eines beliebigen Ausgehabends sind mit der Mehrheit der weiblichen Bevölkerung nicht kompatibel. Vielleicht weil sie ein etwas eigenwilliges Verhältnis zur Körperhygiene haben, weil sie viel Geld für weißes Pulver ausgeben oder weil sie nicht hundertprozentig gesellschaftsfähig sind und noch Zeit benötigen, ihre Persönlichkeit zu entwickeln. Diese Gruppe befindet sich auf der anderen Seite des Spektrums, kommt aber für ernsthafte Verabredungen genauso wenig infrage.

Die siebzig Prozent dazwischen sind nette, attraktive, coole, normale Burschen. Sie kennen den Typus Mann, denn Ihre Freunde und all die großartigen Freunde Ihrer Freundinnen gehören dazu. Dass man ihnen aber im normalen Barbetrieb nicht begegnet, hat einen einfachen Grund:

Sie fürchten sich davor, eine Frau anzusprechen. (Ein Schock, ich weiß.)

Diese süßen, lustigen, normalen, coolen Typen haben einige Male versucht, sich einer Wunschkandidatin zu nähern, wussten aber nicht, wie sie es richtig anstellen sollten, und sind daher von den betreffenden Frauen versehentlich als Vertreter der unbrauchbaren dreißig Prozent in Grund und Boden gestampft worden. Da die netten Jungs irgendwann genug davon hatten, mit unverblümten Absagen, falschen Telefonnummern oder verächtlichen Bemerkungen abgewiesen zu werden, haben sie irgendwann einfach aufgegeben.

Aber warum haben diese lustigen, normalen, süßen Jungs Probleme mit Mädels, sobald eine Beziehung über die platonische Ebene hinausgehen soll? Sie sind keine Loser. Sie sind keine Spinner. Sie sind keine Weicheier. Die meisten sind noch nicht einmal schüchtern. Dummerweise aber fehlt ihnen das Wissen, das unabdinglich ist, um diese gigantische Kluft zwischen Mitgliedern beider Geschlechter zu überwinden, sobald Sex ins Spiel kommt.

Letztendlich hat man sie zurückgewiesen, weil ihr Ansatz zu direkt war. Ist ihr Interesse offenkundig, verlieren Männer in den Augen der Kandidatin unweigerlich an Glaubwürdigkeit und Attraktivität, sobald sie auch nur »Hi« sagen.

Fazit: Siebzig Prozent der Männer bleiben ohne Freundin, wenn niemand – sprich: wir – die Initiative ergreift.

Ein weitverbreiteter und nicht auszurottender Irrglaube besagt, dass Alkohol eine wunderbare Methode ist, das Selbstbewusstsein zu stärken. Das ist schlichtweg nicht wahr.

Sich zu betrinken und Männer anzusprechen geht selten gut. Wenn überhaupt Alkohol, dann sollte bei einem Gläschen Schluss sein; persönliche Erfahrung hat mich gelehrt, dass ich das Trinken auf ein Minimum beschränken muss, wenn ich auf Beutefang gehe.

Der Grund?

Die Bierbrille.

Wer sich Mut antrinkt, um locker zu werden, verändert gleichzeitig seine Wahrnehmung: Jeder Typ, der Ihnen begegnet, sieht plötzlich wie ein Traumtyp aus. Einen ganzen Abend damit zu vergeuden, sich an einen Kerl heranzumachen, der gewöhnlich höchstens die Note Vier erhalten würde, durch Cocktails aber plötzlich in der Wertung steigt, ist traurig.

Der Sinn der Übung ist schließlich, dass Sie sich mit jemandem verabreden, den Sie wirklich toll finden.

Wunderbare Treffpunkte und nützliche Partyideen

Alle der folgenden Schauplätze bieten großartige Gelegenheiten, um neue Leute kennenzulernen. Manche sind wahrscheinlich geeigneter, um einfach nur zu plaudern und Spaß zu haben, andere erweitern zusätzlich Ihren Horizont und/oder bescheren Ihnen eine neue Erfahrung:

* **Tanzkurse:** Vor allem für Trendtänze wie Mambo, Salsa etc. Tanzschulen haben ihre Biederkeit längst abgelegt, und viele bieten Singlekurse an. Tanzen macht fit, außerdem enorm viel Spaß, und man kommt dem anderen Geschlecht ganz unbefangen näher.

* **Fußball, Handball oder Volleyballspiele:** Jungs lieben sie, und alle sehen zu, inklusive der tollen Freunde der tollen Spieler. Man kann sportliche Körper bewundern und gleichzeitig mit Traumtypen plaudern.

* **Golf- oder Tenniskurse:** Beide Sportarten machen Spaß, verschaffen Bewegung und ziehen tolle Typen an. Wer dort neue Leute kennenlernt, kommt nicht nur mit interessanten Trainingspartnern in Kontakt, sondern ist am Wochenende auch häufig zu Turnieren verabredet.

* **Tauchkurse:** Die Tauchlehrer sind üblicherweise Traumtypen und viele Teilnehmer ebenso. Außerdem ist Tauchen ein faszinierender Sport, der einem buchstäblich neue Welten erschließt. Als ich meinen Tauchschein gemacht habe, waren sage und schreibe acht Singlemänner in meinem Kurs!

* **Beachvolleyball-Turniere:** Unmengen attraktiver Menschen, die spielen, Unmengen attraktiver Menschen, die zusehen. Sehr lohnend.

* **Lauftreffs:** Wollten Sie nicht ohnehin endlich wieder fit werden? Lauftreffs gibt es inzwischen fast in jeder Stadt und bei jedem Lauftreff, den ich gesehen habe, waren mindestens 60 Prozent Männer. Und einigen davon wäre ich definitiv überallhin hinterher gelaufen.

* **Triathlonclubs:** Noch nie bei einem Triathlon mitgemacht? Probieren Sie es aus: Triathlonclubs bieten hervorragendes, abwechslungsreiches Training und viele durchtrainierte Männerkörper.

* **Schwimmvereine:** Wo, wenn nicht hier, kann man männliche Astralkörper bewundern, während man sich selbst in Form bringt?

* **Yogakurse:** Belegen Sie einen Kurs oder einen Workshop. Normalerweise sind Yogastudios voller schöner Menschen beiderlei Geschlechts.

* **Fitnessstudios:** Allein durch die Wahl des Fitnessstudios können Sie in einem gewissen Rahmen bestimmen, welche Sorte Männer Sie kennenlernen wollen. Vereinbaren Sie Probestunden, um das Potenzial abzuchecken. Außerdem lohnenswert, herauszufinden: Manche Kurse sind männerlastiger als andere.

* **Klettern:** Nirgendwo sieht man so viele fitte, halb nackte Kerle. Wo geklettert wird, wimmelt es von Traumprinzen Marke Abenteurer. Und das trifft sowohl auf Kletterhallen als auch auf Felsen im Freien zu.

* **Schlittschuhlaufen:** Wer stürzt, kann sich sofort Hilfe suchend nach einem coolen Typen umsehen. Die Kaffeebuden sind ein idealer Treffpunkt.

* **Rollschuhlaufen:** Besonders lustig sind die Discoabende mit 70er- oder 80er-Jahre-Musik. Dort kann man mit einem Haufen witziger, lockerer Kerle rechnen.

* **Skifahren/Snowboarding:** Der Sessellift eröffnet Ihnen ungeahnte Möglichkeiten trauter Zweisamkeit mit einem gerade noch unbekannten Traum-Boarder.

* **Malkurse:** Einmal meldete ich mich nach einer schmerzhaften Trennung in einem Malkurs an und stellte schockiert fest, dass neun von zehn Teilnehmern Single und sieben davon Traumtypen waren. Eine solche Quelle muss man doch anzapfen!

* **Bildhauerkurse:** Dasselbe wie in Malkursen, aber hier kann man noch so tun, als sei man in *Ghost – Nachricht von Sam*.

* **Fotokurse:** Lernen Sie, wie man professionell fotografiert. Wenn man sich für ein Projekt zu Paaren zusammentun soll, bitten Sie natürlich Ihren Traumtypen.

* **Kurse in kreativem Schreiben:** Verbessern Sie Ihr Schreibtalent oder tauschen Sie sich mit anderen Menschen, die gerne schreiben, aus. Schlagen Sie vor, nach dem Kurs noch ein Bierchen zusammen zu trinken.

* **Kochkurse:** Man lernt nicht nur etwas fürs Leben, sondern auch die Genießer des Lebens kennen.

* **Cafés:** Die Filialen der schicken Caféketten sind ideal zum Lesen, Schreiben, Nachdenken – oder einfach nur zum

Kaffeetrinken. Gewöhnlich sind immer mindestens vier tolle Männer gleichzeitig anwesend.

* **Apple Stores:** Jeder will einen neuen iPod. Bewundern Sie traumhaftes Design, probieren Sie coole Spielereien aus, und schauen Sie sich nach traumhaften, coolen Technikfreaks um.

* **Große Technikmärkte:** Siehe Apple Stores, aber häufiger zu finden und mit noch mehr Männern bevölkert.

* **Baumärkte:** Viele Männer lieben Baumärkte, und wenn Sie einen Mann in ein Fachgespräch verwickeln können, haben Sie schon gewonnen.

* **Outdoor-Stores:** Geschäfte für Sport und das Leben draußen verfügen oft über Personal zum Anbeißen, und auch die Kunden können sich sehen lassen. Außerdem wollen immer alle helfen und Ihnen sagen, was Sie für Ihren nächsten Trip noch brauchen.

* **Geschäfte für Bürobedarf:** Viel zu sehen, viel zu fragen. Irgendwann treibt es jeden einmal hierher.

* **Buchläden:** Bücher sind eine wunderbare Ausrede, dorthin zu schlendern, wo der Wunschkandidat steht, und ihn nach seiner Meinung zu fragen.

* **Flughäfen oder Bahnhöfe:** Auch Traummänner reisen. Während man auf den Anschlusszug/-flug wartet, kann man mehr über den attraktiven Kerl neben einem erfahren.

* **Weight Watchers:** Auch wer nicht abnehmen will, kann dort gut aufgehoben sein, da diese Gruppen die Grundlagen gesunder Ernährung vermitteln. Die Treffen sind gut geeignet, den Bekanntenkreis zu erweitern. Mehr Bekannte, mehr Möglichkeiten, auf interessante Männer zu stoßen.

* **Biosupermärkte:** Während die Bioläden von früher eher seltsame Jesuslatschenträger in lila Strickpullis anzogen, kauft in den modernen Biosupermärkten vor allem die junge, hippe urbane Gesellschaft ein. Alle Leute aus Ihrem Yogakurs werden dort sein. Bestimmt.

* **Demonstrationen:** Gehen Sie für etwas, an das Sie glauben, auf die Straße! Friedliche Demonstrationen finden in größeren Städten ständig statt, und Sie begegnen Gleichgesinnten.

* **Spendensammlungen:** Ähnlich wie oben, nur dass Sie sich besser anziehen sollten.

* **Organisierte Wanderungen oder Touren:** Viel Bewegung an frischer Luft in Begleitung von Gleichgesinnten.)

* **Spoken Word Events:** In den meisten Fällen ist die Atmosphäre offen und freundlich, anschließende Diskussionen laden auch zu privaten Gesprächen ein.

* **Open Mic Nights:** Manchmal muss man zwar einige schlechte Darbietungen aushalten, aber schließlich fängt jeder einmal klein an, und die Künstler bringen zur Unterstützung gerne ihre Freunde mit.

* **Vernissagen und Ausstellungseröffnungen:** Man trifft einen Haufen spannender Menschen und hat die perfekte Ausrede, Gespräche mit Fremden anzufangen: »Ein wunderschönes Bild. Ich finde, es sieht nach einer Unterwasserlandschaft aus. Haben Sie eine Ahnung, was der Künstler damit ausdrücken wollte?«

* **An der Bar bei oder nach einem Konzert:** Alle befinden sich (noch) im Rausch der Musik und wollen darüber sprechen.

* **Weinlokale:** Ruhiger und freundlicher als die hippen Szenebars.

* **Lesekreise:** Obwohl meistens Frauen daran teilnehmen, erweitern Sie in jedem Fall Ihren Bekanntenkreis und lernen wiederum die Singlefreunde Ihrer neuen Bekannten kennen.

Für die folgenden Partyideen sollten Sie die Gäste bitten, jeweils mindestens eine weitere Person mitzubringen, die nicht zu deren »hartem Kern« des Freundeskreises gehört. Daraus ergibt sich dann automatisch der Effekt, dass auch in Ihre (übliche) Partyrunde frisches Blut fließt und jeder die Chance hat, neue Leute (und vielleicht deren Freunde) kennenzulernen.

1. **»Kuppelparty«:** Jeder Gast bringt einen Singlefreund/eine Singlefreundin mit; Pärchen sind nur dann erlaubt, wenn sie wiederum einen Singlefreund mitbringen. Dadurch lernen Sie nicht nur endlich mal all diese tollen »platonischen« Freunde Ihrer Freundinnen kennen, sondern da so viele Singles da sein werden, kommen auch die ungebundenen Freunde und Freundinnen gerne, die sonst nur widerwillig zusagen.

2. **Die wilde 13:** Jeder bringt ein Foto von sich selbst im Alter von dreizehn Jahren mit und zieht sich annähernd so an, wie er es in dem Alter getan hat. Das beste »Kostüm« gewinnt.

3. **Graffitiparty:** Die Gäste kommen im schlichten weißen T-Shirt und verlassen die Party mit einem Unikat am Leib. So geht's: Alle verzieren sich gegenseitig mit einem Textilstift die Shirts; so ist gegenseitiges Näherkommen garantiert.

4. **Crossdresser-Unterwäsche:** Die Mädels tragen Herrenunterwäsche, die Herren die der Ladys.

5. **Rockstar-Party:** Jeder schmeißt sich ins Outfit seines Rockidols und bringt die Zutaten für seinen Lieblingsdrink mit.

6. Sportlerparty: Jeder Gast kommt im Dress, das zu seinem Lieblingssport gehört. Machen Sie Ihren Gästen im Vorhinein klar, dass Sumoringer und Profischwimmer besonders gern gesehen sind – so wird die Party ein Brüller.

7. Farbmottoparty: Bestimmen Sie eine Farbe und bitten Sie Ihre Gäste, von Kopf bis Fuß in diese Farbe gekleidet zu kommen. Farben wie Orange oder Pink, die nicht jeder massig im Schrank hängen hat, bringen das ein oder andere ungewöhnliche Kleidungsstück ans Licht.

8. Stereotypenparty: Jeder kleidet und benimmt sich wie ein Klischee: Das blonde Doofchen, der Rockstar, der Investmentbanker, der Macho, das Supermodel.

9. Verborgene Talente: Jeder hat zwei Minuten Zeit, um sein verborgenes – am liebsten witziges – Talent zu zeigen. Zum Beispiel: Vogelstimmen nachahmen, Smoothies zubereiten, Schönschreiben.

10. Klamottentausch: Alle Gäste müssen etwas tragen, das sie am liebsten loswerden würden. Dann wird genau die Klamotte mit der eines anderes Partygastes getauscht, die man gerne haben würde. Wahrscheinlich gibt es ein wüstes Tauschen und Umziehen, was natürlich für viel Gelächter und Gesprächsstoff sorgt und schnell Menschen miteinander ins Gespräch bringt, die sich vorher noch nie gesehen haben.

11. Kostümtausch: Jeder trägt ein Karnevals- oder Halloweenkostüm, das er tauschen will. (Siehe Partyidee 10.)

12. Prollparty: Beweisen Sie schlechten Klamotten-Geschmack. Essen Sie Junkfood. Machen Sie ein Feuerchen in einer Blechmülltonne.

13. Bierverkostung: Jeder bringt ein paar Flaschen von seinem Lieblingsbier oder eine ausgefallene Sorte mit. Entwerfen Sie vorher einen Testfragebogen und servieren Sie das Bier nur in Schnapsgläsern, damit die Party nicht zu schnell zu Ende ist.

14. Weinprobe: Funktioniert wie die Bierverkostung: Jeder bringt seinen Lieblingswein oder einen raren Tropfen mit.

15. Nachtischparty: Jeder bringt sein Lieblingsdessert mit. Es muss nicht selbst gemacht, sondern kann auch gekauft sein.

2. Teil: Nach der Eröffnung

Hier nun kommen wir zu dem Teil der Gleichung, die von der Eröffnung zur ausgewachsenen und ganz eigenständigen Unterhaltung führt.

Ich habe diesen Teil in verschiedene Abschnitte eingeteilt: »Diese Frau will ich kennenlernen«, »Beziehung aufbauen« und »Der Abschluss«. Sollten Sie das Gefühl haben, dass es zwischen Ihnen und Ihrem Auserwählten schon gefunkt hat, können Sie natürlich den einen oder anderen Abschnitt auch überspringen. Aber bei Männern, die etwas zurückhaltender sind, kann es sinnvoll sein, Schritt für Schritt vorzugehen, damit ein vielversprechender Ansatz nicht im Sande verläuft.

Der schlechte Rat: *Frauen sollten nie, nie, nie den ersten Schritt tun.*

Was ist schlecht an diesem Rat? *Weit verbreitet ist die Meinung, dass Männer keine Frauen mögen, die die Initiative ergreifen. Aber das stimmt einfach nicht. Es mag zugegebenermaßen Ausnahmen geben, aber die meisten Männer finden es großartig, wenn die Frau auf sie zukommt. Es nimmt ihnen jede Menge Druck.*

Unmittelbar nach der Eröffnung sollten Sie mit einer Reihe von interessanten oder unterhaltsamen Sätzen das Interesse des Traumtypen wecken und in seinem Bewusstsein den Wunsch verankern, Sie kennenlernen zu wollen. Dies ist die Phase, in der Sie ohne viel Nachdruck zeigen können, wer Sie sind.

In den ersten fünf Minuten einer Unterhaltung (das schließt die Eröffnung ein) schätzen die meisten Menschen unbewusst den anderen ein. Falls ein Mann Sie anspricht und diese fünf Minuten übersteht, ohne etwas zu sagen, das Ihre Alarmsirenen schrillen lässt, dann hat er es zu neunzig Prozent geschafft. Im umgekehrten Fall ist es natürlich dasselbe. Und genau das ist Ihr Ziel.

Es kommt also darauf an, souverän durch diese ersten fünf Minuten zu navigieren und dem Mann zu zeigen, dass Sie eine normale, spannende und witzige Person sind, weil Sie spannende und witzige Dinge zu sagen haben. In dieser Phase fragen Sie ihn nicht nach seinen Schokoladenseiten. Sie versuchen auch nicht, ihn näher kennenzulernen. Sie reden einfach mit ihm und bieten ihm gute Unterhaltung. Hier kann und soll sich kein tiefsinniges Gespräch entspinnen, weil Sie ausschließlich daran interessiert sind, das Gespräch locker und geschmeidig dahinfließen zu lassen. Sie sagen nichts, das Ihr Interesse an Ihrem Gesprächspartner verrät, und bleiben so neutral, um nicht zu wirken, »als hätten Sie es nötig«.

Hier ein Beispiel:

»Ich habe da heute im Netz so einen Artikel über eine Stadt in Vermont gelesen. Dort dürfen die Einwohner zwei Wochen im Jahr Fische in einem Fischteich erschießen. Merkwürdig, oder? Zum einen fragt man sich doch, ob man erst ein solches Gesetz erlassen musste, weil die Leute in der Gemeinde doch das ganze Jahr über scharf darauf sind, ihre Fische abzuknallen. Und zum anderen muss das doch ziemlich mühselig sein, Fische zu *erschießen*. Ich meine, bleibt denn von den Tieren genug übrig, was man nachher noch essen kann? Außerdem soll es höchst gefährlich sein, in einen See zu schießen. In dem Artikel stand, dass die Anzahl der Verletzungen durch Schusswaffen in diesen zwei Wochen um fünfzig Prozent ansteigt, da Kugeln von der Wasseroberfläche abprallen können und die Leute sich und Zuschauer auf der anderen Seite des Sees treffen.«

Sprechen Sie über ein Erlebnis, über die Nachrichten oder etwas, das Sie gesehen haben. Der Anschluss sollte zwei oder drei Minuten dauern, sodass Sie die fünf Minuten vollhaben, sofern Ihre Eröffnung ebenfalls zwei oder drei Minuten gedauert hat.

Danach sollten Sie eigentlich einen recht guten Eindruck davon haben, ob Ihr Wunschkandidat Sie auch mag. Falls er noch nicht interessiert scheint, schenken Sie ihm ein paar weitere Minuten spaßiger oder spannender Unterhaltung und beginnen Sie mit dem Aufbau einer Beziehung (siehe nächster Abschnitt).

Wenn Sie allerdings das Gefühl haben, der Funke ist schon bei der Eröffnung übergesprungen, dann können Sie diesen

Abschnitt ganz auslassen. Falls das Gespräch sich so gestaltet, dass es durchaus persönlicher werden darf, dann lassen Sie es unbedingt zu.

Man muss im Übrigen nicht immer Neues und Originelles bringen; der Angesprochene kann ja nicht wissen, dass Sie Ihre Geschichten recyceln. Als Beispiel habe ich ein paar meiner Lieblingsstorys zusammengestellt:

1. »Vorhin ist mir etwas Unglaubliches passiert. Ich saß im Büro und hörte plötzlich ein merkwürdiges Geräusch an meiner Tür. Ich sah auf und entdeckte einen riesigen Hund auf meiner Schwelle – so riesig, dass der Kopf höher als der Türknauf war. Er war nicht nur gewaltig groß, sondern sah auch noch aus wie ein Wolf, und ich habe zwar keine Angst vor Hunden, aber – na ja. Während ich so dasitze und überlege, was ich jetzt machen soll, fängt der Hund an, am Türknauf zu nagen und zu knabbern. Plötzlich höre ich eine Frauenstimme vom Empfang her rufen – »Snowflake! Snoooooowflake!« –, und das Monster dreht sich um und galoppiert davon. Ich blicke noch entsetzt auf meinen vollgesabberten Türknauf, als Frauchen und Hund noch einmal an meiner Tür vorbeikommen. Und ich schwöre, die Frau war mindestens achtzig Jahre alt und nur knapp eins fünfzig groß. Der Hund ging ihr bis zur Schulter. Irre, echt.«

2. »Haben Sie schon mal gesehen, wie groß die Eichhörnchen hier in der Gegend sind? Jedenfalls saß ich neulich in der Mittagspause mit einer Freundin draußen im Park im Gras.

Wir unterhielten uns, und ich hatte mein Sandwich in der Hand und gestikulierte damit, wie man das manchmal eben so tut. Plötzlich fängt meine Freundin an, breit zu grinsen, und ich spüre, wie sich etwas an meinem Brot zu schaffen macht: Ich verstumme, schaue hin und sehe ein dickes, großes Eichhörnchen, das seine kleinen Pfoten in aller Seelenruhe auf meine Stulle gelegt hat und nun daran zieht. Ich bin so überrascht, dass ich loslasse, anstatt mein Mittagessen zu verteidigen und das impertinente Vieh wegzujagen. Natürlich macht es sich sofort mit seiner Beute aus dem Staub. Meine Freundin hat sich fast nicht eingekriegt vor Lachen.«

3. »Gestern ist mir im Sportstudio etwas tödlich Peinliches passiert. Ich weiß nicht, ob ich mich je wieder dort blicken lassen kann. Ich war gerade auf dem Laufband gewesen und stieg ab. Hast du schon mal erlebt, wie seltsam schwebend man geht, wenn man nach dem beweglichen Band wieder festen, starren Boden unter den Füßen hat? Voll konzentriert, um nicht zu torkeln, gehe ich also auf die Glastüren zu. Niemand schaut zu mir hinüber, niemand lacht mich aus, also wiege ich mich in Sicherheit, bis ich zwei Typen am Ausgang sehe, die Flyer verteilen. Die beiden sind ziemlich attraktiv, und weil ich zu ihnen rüberstarre, entgeht mir, dass vor mir das Plakat für den neuen Bauchtraining-Extrem-Kurs steht. Ich scheppere also mitten hinein in den Aufsteller, reiße ihn mit viel Lärm und Geklapper um und plumpse mit ihm zu Boden. Da ich aber immer noch Gleichgewichtsstörungen habe, schaffe ich es kaum, erst mich und dann das Ding wieder in die Senkrech-

te zu befördern. Natürlich lache ich laut über mich selbst (wie man es halt so macht in solchen Augenblicken) und trete den Rückzug an, knalle aber vor lauter Verwirrung gegen die Glastür und drücke erst einmal verzweifelt dagegen, bis ich sehe, dass ›Ziehen‹ draufsteht. Oh, Gott, es war so peinlich! Ich schätze, die Leute haben noch Stunden später Lachkrämpfe gehabt.«

4. »Snowboarden? Oha. Da habe ich so meine Erfahrungen gemacht. Letztes Weihnachten kam mein Cousin zu Besuch. Er ist ein echter Snowboardcrack und meinte, er würde mir gerne ein paar coole Tricks zeigen. Vorher könnten wir ja in der Hütte oben noch nett einen trinken. Und obwohl wir echt Spaß hatten, war Letzteres wahrscheinlich nicht die schlaueste Idee. Immerhin kamen wir oben auf dem Berg an und wollten nun hinunter. Ich muss dazu sagen, dass ich zwar Ski fahren kann, aber erst zwei- oder dreimal auf einem Snowboard gestanden habe. Mein Cousin fährt ziemlich gut, aber wir hatten genug getankt, dass es mit unserem Gleichgewichtssinn und unserer Aufmerksamkeit – zwei Dingen, die beim Snowboarden durchaus nützlich sind – nicht gerade zum Besten stand. Ich stehe also aufrecht auf dem Brett, worauf ich ziemlich stolz war, und nehme Fahrt auf. Da fällt mir plötzlich ein, dass ich keine Ahnung habe, wie man bremst, ohne sich fallen zu lassen. Ich schieße also auf die Skiliftschlange und die orangefarbene Absperrung zu, und er brüllt mir nach: »Auf die Kante!« Na klar, denke ich, nur ... bei dem Tempo? Also beschließe ich, mich nach hinten fallen zu lassen und zu beten.

Kurz darauf kugele ich in die Schlange am Lift, nehme fünf der süßesten Typen mit, die ich je gesehen habe, und reiße die Absperrung nieder. Zum Glück fanden die Opfer es lustig, und mein Cousin und ich haben so sehr gelacht, dass wir eine halbe Stunde brauchten, um uns zu beruhigen und es noch mal zu versuchen.«

5. »Feldhockey, hm? Da fällt mir eine Geschichte ein. Ich war noch auf der High School, und wir trainierten auf dem üblichen Platz, aber an diesem Tag waren gut achtzig Prozent aller Schüler draußen und sahen zu: Entweder sie warteten darauf, dass wir den Platz frei machten, sie hatten gerade Pause oder genossen einfach nur die Sonne draußen. Mir ist also bewusst, dass wir viele Zuschauer haben, als meine Freundin mir den Ball zuspielt. Und als ich an der Torfrau vorbeidüse, die dumm genug war, weit ins Feld reinzurennen, sind wirklich alle Blicke auf mich gerichtet. Mit dem Gedanken ›Wow, du bist cool, du wirst jetzt vor aller Augen ein großartiges Tor schmettern‹ im Kopf merke ich dabei leider nicht, dass ich ziemlich schnell bin – sogar zu schnell, um vor dem Tor zum Stehen zu kommen. Ich rase also weiter, rein ins Tor, stoße es um und verheddere mich derart im Netz, dass man satte zehn Minuten braucht, um mich daraus zu befreien. Und natürlich war irgendein Mistkerl mit Kamera dabei, um alles detailliert zu filmen. Man konnte mich am nächsten Tag im Netz bewundern. Nett, nicht wahr?«

Sobald Ihr Wunschkandidat erkannt hat, dass er Sie näher kennenlernen will, wird es Zeit, ein Verhältnis zu ihm aufzubauen. In dieser Phase sollten Sie sich so darstellen, dass er Sie ins Herz schließt.

Cool findet er Sie ohnehin schon; dafür haben Sie mit witzigen, lockeren Geschichten und schlagfertigen Antworten gesorgt. Aber bis zu diesem Zeitpunkt haben Sie noch nicht versucht, ihn näher kennenzulernen; Ihre Geschichten sollten ihn nur zum Lachen bringen und ihm zeigen, was für eine spannende und unterhaltsame Person Sie sind. Es gibt bisher keine tiefere Verbindung zwischen Ihnen außer »Wir haben zusammen gelacht«. Das soll sich jetzt ändern.

Und dazu müssen Sie die Unterhaltung auf Themen lenken, die es erlauben, persönlichere Informationen auszutauschen, sodass er Sie nicht nur als tolle Frau betrachtet, sondern außerdem als eine, mit der man gern etwas unternehmen würde. Abhängig davon, wie wohl Sie sich in Mr Traumtyps Gegenwart fühlen oder wie schnell er sich Ihnen zu öffnen scheint, entscheiden Sie, ob nun etwas intensivere Gespräche folgen dürfen oder ob es vorerst besser unverbindlich bleibt.

Falls Ihnen bis zu diesem Zeitpunkt noch nicht klar ist, ob *Sie* diesen Burschen wiedersehen wollen oder nicht, werden Sie es nun bald feststellen.

Ich biete Ihnen hier zwar ein wenig Hilfestellung in Form von gewissen Richtlinien an, aber Regeln gibt es in dieser Phase keine. Hier geht es gänzlich um Sie und Ihre Vorlieben beim

Small Talk. Ich vertraue darauf, dass Sie schon wissen, wie man durch Plauderei zu Gesprächsthemen kommt, durch die man ein Verhältnis mit dem Gesprächspartner aufbauen kann. Tun Sie's einfach, und lassen Sie dabei hin und wieder durchschimmern, wer und wie Sie wirklich sind.

Fragen, die ein Verhältnis aufbauen sollen, können knifflig sein. Ihr Ziel ist es, ihn näher kennenzulernen, aber die Art der Fragen und der Fragestellung ist entscheidend. Falls er den Eindruck hat, er wird verhört, zieht er sich vermutlich zurück.

Die Frage nach dem Beruf zum Beispiel lässt bei manchen Männern sofort die Alarmglocken schrillen: »Will sie etwa nur mein Geld?«

Besser kommt an, wer eine kleine Geschichte über etwas, das er getan, gehört oder im Fernsehen gesehen hat, erzählt und danach fragt, ob der Angesprochene so etwas auch je erlebt/getan/probiert hat. »Neulich war ich skaten und bin einen ziemlich langen Berg hinaufgefahren, und als ich endlich oben war, konnte ich eine Weile vor Erschöpfung bloß vorwärtsstolpern – kennst du das?« Das »Kennst du das?« ist das wichtigste Element, denn nun fragen Sie ihn nach ihm selbst und drücken Interesse an ihm aus, und dazu eignet sich eigentlich jedes Thema, das einem gerade durch den Sinn geht.

In dieser Phase kann und sollte eindeutig Interesse gezeigt werden. Dazu gehören auch Fragen wie »Wohnst du hier in der Nähe?«, »Wie lange bist du schon in der Stadt?« oder »Ich wollte immer schon mal Klettern [oder Drachenfliegen usw.]. Hast du das schon mal ausprobiert?« Solche Fragen sind relativ harmlos und halten die Unterhaltung in Gang. An dieser Stelle lassen sich aber auch intimere Fragen einfügen und unter die harmloseren mischen, wenn man es geschickt anstellt.

»Bist du religiös?« oder »Wie stehst du zum Thema Abtreibung?« beispielsweise sind Fragen, die schnell als Provokation aufgefasst werden. Man kann solche Themen sehr viel sanfter und indirekter angehen: »Gerade vorhin noch habe ich mit meiner Freundin darüber diskutiert, wie man richtig und falsch unterscheidet – falls das überhaupt so eindeutig möglich ist. Wie würdest du das sehen?« Hier wird das Thema Religion indirekt angesprochen. Wenn er jetzt antwortet: »In solchen Fällen blättere ich in der Bibel/im Koran/in der Torah«, wissen Sie Bescheid.

Mit der Abtreibungsfrage kann man ähnlich umgehen, wenn es denn sein soll: »Eine Freundin und ich haben vorhin über die Abtreibungsdebatte gesprochen. Wieso ist diese Debatte überhaupt entstanden? Ich meine, was führt die Leute zu ihrer Haltung – was denkst du?« Anschließend können Sie auch fragen, auf welcher Seite er steht und wieso. Dieses Thema lädt zwar eindeutig zu einer tiefsinnigeren Diskussion ein, drängt ihn aber nicht in die Defensive, wie Sie es täten, wenn Sie ihn ohne Umschweife fragen würden: »Gehörst du auch zu denen, die meinen, dass Frauen, die abtreiben, Mörderinnen sind?«

Fassen wir zusammen: Ihr Wunschkandidat und Sie bauen eine Beziehung zueinander auf, indem Sie in einer ungezwungenen Unterhaltung einander ein wenig näher kennenlernen. Am Ende der Plauderei sollten Sie und er das Gefühl haben, dass die Verbindung zwischen Ihnen gefestigt genug ist, um eine Fortsetzung des Gesprächs (sprich Date Nr. 1) zu verabreden.

Der Abschluss: Wie man das erste Date festmacht

Sie haben also den Traummann an der Bar angesprochen und vielleicht zwanzig Minuten mit ihm geplaudert. Sie haben gezeigt, wer Sie sind, und ein Verhältnis zu ihm aufgebaut. Er ist wirklich süß und scheint sich sehr gern mit Ihnen zu unterhalten, aber er hat noch keine Anstalten gemacht, Sie nach Ihrer Telefonnummer zu fragen. Natürlich kann man nun einfach weiterplaudern, sofern man sich amüsiert, aber sagen wir um der Argumentation willen einfach, dass Sie langsam unruhig werden, da Sie sich vorgenommen haben, heute mindestens zehn Männer anzusprechen. Dennoch wollen Sie sich mit diesem Traumtypen hier definitiv weiter unterhalten, und zwar am liebsten bei einer Verabredung. Also – was nun?

Ihn nach seiner Nummer zu fragen, ist eine Möglichkeit, aber nicht die beste Strategie. Die Kehrseite dieses Vorgehens liegt auf der Hand: Wenn er selbst noch nicht hat durchschimmern lassen, dass er Sie auch unbedingt wiedersehen will, verraten Sie ihm nun eindeutig, dass Sie scharf auf ihn sind, was wiederum (wir hatten das Thema ja schon) Ihren Dating-Wert in seinen Augen schmälert. Gar nicht gut.

Ein klitzekleines bisschen besser ist der Vorschlag Ihrerseits, Nummern auszutauschen. Willigt er ein, lässt auch er sich so weit in die Karten gucken, dass er sich eine Fortsetzung des Gesprächs wünscht. Dennoch halte ich auch von dieser Option nicht allzu viel. Warum nicht?

Weil wir, ob wir es zugeben wollen oder nicht, anschließend verflixt viel Zeit damit verbringen, auf SEINEN Anruf zu warten. Komischerweise ruft der lang verschollene Ex an, die Oma und sogar die Post ... nur *er* nicht, und plötzlich ist Ihr Tag im Eimer.

Darüber hinaus wird, wenn man Nummern austauscht, plötzlich alles viel komplizierter, denn es ist allgemein bekannt, dass der, der als Erstes anruft, verloren hat. Ohne es zu wollen, rutscht man in die elende, unglaublich dämliche Dating-Konvention, die ungefähr so aussieht: Sie warten drei Tage, bevor Sie ihn anrufen, dann ist er nicht da (oder geht nicht dran), also hinterlassen Sie eine Nachricht. Er wartet natürlich auch ein, zwei Tage, bevor er zurückruft, um ja nicht zu wirken, als hätte er es nötig. Auch er hinterlässt also eine Nachricht auf dem Anrufbeantworter, die Sie ebenfalls erst nach ein, zwei Tagen wieder beantworten dürfen, damit *Sie* nicht so wirken, als hätten Sie es nötig, und ehe man sichs versieht, ist eine Woche verstrichen, man kann sich kaum noch an den anderen erinnern und lässt die Sache einfach fallen. Schade eigentlich.

Ich finde dieses Spielchen anstrengend und überflüssig. Weder mag ich hufescharrend darauf warten, dass ich an der Reihe bin, mich zu melden, noch finde ich es prickelnd, tagelang um das Telefon herumzuschleichen. Aus diesem Grund habe ich das Wort »Telefonnummer« aus meinem Dating-Wortschatz gestrichen.

Die erprobte, wunderbar simple und nahezu unfehlbare Methode, sich zum ersten Date zu verabreden ist: **Verabreden Sie sich hier und jetzt**.

Dadurch ersparen Sie sich jedes einzelne durch alberne Konventionen entstandene Spielchen und stellen augenblicklich fest, ob es jemand ernst mit Ihnen meint, denn wer nicht will, fängt nun an, herumzudrucksen und Ausreden zu erfinden, zu erklären, wie proppenvoll der Terminkalender ist, und vielleicht sollte man doch lieber Telefonnummern austauschen. Die, die es ernst meinen, schlagen einen Termin in einigen Tagen vor.

Dem Ziel »Verabredung« kann man sich verbal auf zwei Wegen nähern:

1. »Meine Freunde warten, ich muss jetzt wieder rüber.«

2. »Das war aber ein nettes Gespräch – wie sieht's denn bei dir zeitlich in der nächsten Woche aus?«

Fangen Sie mit dem ersten Satz an und schieben Sie Nummer zwei hinterher, falls kein prompter Kommentar folgt. Etwas detaillierter: Mit Satz Nummer 1 drücken Sie aus, dass Sie sich mit Ihrem Gesprächspartner zwar bestens unterhalten haben, aber Ihre Freunde nicht länger vernachlässigen dürfen. Bleiben Sie trotzdem noch ein Weilchen. In achtzig Prozent der Fälle bittet er nun um Ihre Telefonnummer. Falls das geschieht, sagen Sie: »Ich telefoniere eigentlich nicht so gerne, aber wie sieht's denn bei dir in der folgenden Woche aus?« Sein Traummannherz wird vor Freude hüpfen, denn nun weiß er, dass Sie ihn wirklich wiedersehen wollen und nicht nur eine von den vielen Frauen sind, auf deren Rückruf man vergeblich wartet. Verabreden Sie Zeit und Ort und tauschen Sie dann doch die Nummern aus, damit man sich im Notfall erreichen kann. »Klasse, ich freu mich. Lass uns zur Sicherheit die Nummern austauschen, aber, wenn nichts dazwischenkommt, sehen wir uns am Donnerstag um acht.«

Und das war's dann im Wesentlichen. Sie tragen sich Ihr erstes Date mit dem tollen Kerl in den Kalender ein. Es gibt keine zermürbende Warterei vor dem Telefon, nur um bei jedem Klingeln nach kurzfristigem Bluthochdruck enttäuscht festzustellen, dass es nicht er ist. Es gibt kein Anrufbeantworterdebakel. Und vor allem gibt es keine Spielchen.

Falls er nicht nach Ihrer Nummer fragt, gehört er wahrscheinlich zu den zwanzig Prozent der Männer, die zu schüchtern oder zu nervös sind, danach zu fragen. Meistens sind es die, die sich zu oft die Finger verbrannt haben, aber auch die extrem scheuen, fast schon introvertierten Typen gehören in diese Kategorie. Diese Jungs sind toll, aber ihr Selbstbewusstsein ist eher unterdurchschnittlich ausgeprägt, sodass sie nicht wissen, *wie* toll sie sind. Oft sind sie verunsichert, wie sie sich verhalten sollen und sagen daher lieber gar nichts. Falls er dazugehört, kann man ihm unter die Arme greifen. Man geht es eben forscher an und kombiniert die beiden Sätze von oben: »Es war richtig nett, mit dir zu reden, aber ich muss jetzt wieder gehen. Wie sieht es denn nächste Woche zeitlich bei dir aus?« Dann verabreden Sie einen Termin und einen Ort.

Aber an dieser Stelle muss ich wohl auf ein weiteres Szenario zu sprechen kommen. Es besteht durchaus die Möglichkeit, dass er sich zwar gerne mit Ihnen unterhalten hat, Sie aber dennoch nicht wiedersehen will.

Genau wie Sie ihn abschätzen, schätzt er sie ab. Vielleicht sind ihre Ansichten oder Lebensweisen zu unterschiedlich. Vielleicht hat er sich gerade erst von seiner Freundin getrennt und muss im Augenblick allein sein, auch wenn die Plauderei mit Ihnen ihn aufgemuntert hat. Akzeptieren Sie es.

Falls er nicht gewillt scheint, sich zu verabreden, verabschieden Sie sich am besten freundlich. Sagen Sie etwas wie: »Es war schön mit dir zu reden. Bis dann.« Und ziehen weiter. Niemand hat Schaden erlitten.

Okay. Vielleicht ist Ihr Selbstbewusstsein nun ein ganz klein wenig angeschlagen. Aber da es für Sie ja kein Problem mehr bedeutet, Männer anzusprechen und in interessante Gespräche zu verwickeln, haben Sie sicher dennoch bald ein erstes Date in der Tasche.

Psychotest: Sind Sie eine Aufreissexpertin?

Sie sehen einen Traummann in einer Gruppe weiterer Traummänner und ... einer Traumfrau. Sie wollen diesen Mann ansprechen. Was tun Sie?

a) Sie mischen sich in die Gruppe und strecken die Frau mit einem Kinnhaken nieder. Bewusstlos wird sie Ihnen nicht in die Quere kommen.

b) Sie gehen an die Bar, bestellen sich fünf doppelte Tequila und schütten sie in sich hinein. Nur so können Sie den Mut aufbringen, ihn anzusprechen.

c) Sie nähern sich der Gruppe, drücken Ihre Brust heraus und zwinkern dem Objekt der Begierde lasziv zu, während sie gleichzeitig das Mädchen zur Seite schubsen.

d) Sie warten, bis im Gespräch der Gruppe eine Pause entsteht, gesellen sich dann hinzu und fragen höflich, warum Männer nie die Fern-

bedienung hergeben, wobei sie die Frau in der Runde mit einbeziehen.
e) Sie gehen. An den kommen Sie sowieso nicht ran.

ANTWORT: d

---

3. Teil: Die Kür. Verfeinern Sie Ihre Strategie

Die folgenden Tipps und Taktiken fallen in die Kategorie Fortgeschrittene. Nachdem Sie Eröffnung, Anschlussgespräch und Verabredung gemeistert haben, ist es Zeit für den nächsten Schritt.

Hilfreiche Begleiter

Alle Beispielsätze, die ich bisher genannt habe oder im Anhang nennen werde, sind so entworfen, dass man sie – hier und da ein wenig angepasst – einsetzen kann, wenn man allein unterwegs ist, somit für eine erfolgreiche Anmache also keine Freunde oder andere personelle Unterstützung braucht. Allerdings macht es manchmal sehr viel mehr Spaß, zu zweit oder in einer Gruppe um die Häuser zu ziehen.

Der Mädelsabend

Stellen wir uns vor, Sie befinden sich in einer Bar und wollen nun die »Angelina-Jolie«-Eröffnung anbringen. Wenn Sie allein wären, würden Sie nun also sagen: »Hey, Jungs, darf ich mal was fragen? Meine Freundin meint, alle Männer stehen total auf Angelina Jolie, aber die Jungs in meinem Bekanntenkreis finden, dass sie zu dicke Lippen hat. Was denn nun?« Und dann legen Sie vielleicht mit Julia Roberts nach.

Aber Sie können ebenso gut mit einer Freundin auftreten. Das hat mehrere Vorteile:

1. Sie können sich natürlicher anpirschen: Mit Freundin oder Kumpel kann man sich viel unauffälliger in die Nähe des Auserwählten begeben. Wenn Sie allein sind und die Jungs, bei denen Sie Ihre Eröffnung anbringen wollen, ausgerechnet in dem Moment eine Unterhaltung untereinander anfangen, in dem Sie sich nähern, dann ist Ihre Strategie zunächst einmal unbrauchbar. Falls Sie nicht zufällig an der Bar stehen, an der das Herumlungern nicht besonders auffällt (weil Sie dort ja auch noch anderes zu tun haben), können Sie schlecht einfach warten, bis das Gespräch beendet ist – ohne im wahrsten Sinne des Wortes dumm dazustehen. Und befindet sich die Truppe Männer mitten im Raum, ist es ohnehin eine wahre Herausforderung, sich ihnen so zu nähern, dass es noch einigermaßen unauffällig wirkt.

Mit einer Freundin aber können Sie herumstehen und plaudern, wo immer Sie wollen. Wenn sich die Jungs unterhalten, überbrücken Sie die Zeit eben. Solange Sie es subtil machen, kommt niemand auf den Gedanken, dass Sie und Ihre Freundin nur deswegen einen Meter neben den Typen stehen, weil Sie darauf warten, sie anzuquatschen.

2. Im Schutz der Gruppe lässt es sich leichter schauspielern: Ein weiterer Vorteil ist die Tatsache, dass man sich zu zweit sehr viel leichter in die richtige geistige Verfassung versetzen kann. Falls Sie und Ihre Freundin in Hörweite der Jungs miteinander über Angelina Jolie diskutieren, wirkt es vollkommen natürlich, wenn Sie sich ihnen plötzlich zuwenden. »Hey, Jungs, meine Freundin und ich diskutieren gerade über Angelina Jolie. Sie [zeigen Sie auf Ihre Freundin] findet sie toll, aber die meisten Jungs aus meinem Bekanntenkreis stehen gar nicht so auf sie. Was denkt ihr?« Und da nicht nur *eine* tolle Frau, sondern gleich zwei Rat suchen, werden die angesprochenen Herren sicher nicht zögern, Ihnen zu Hilfe zu eilen.

3. Sinnvolle (Gesprächs-)Unterstützung: Wenn man nicht nur einen einzelnen Traumtypen ansprechen will, sondern gleich eine ganze Gruppe, ist eine Freundin sehr hilfreich, da Sie beide etwas zum Gespräch beisteuern können. In diesem Fall ist es auch nicht schlimm, wenn eine von Ihnen plötzlich einen gedanklichen Blackout hat. Ganz zu schweigen davon, dass es enormen Spaß macht, zu zweit Männer anzusprechen und sich die Bälle zuzuspielen.

4. Gemischtes Doppel: Wenn Sie mit zwei Männern plaudern, dann haben Sie mit Ihrer Eröffnung in den meisten Fällen wahrscheinlich nur einen von beiden gemeint. Aber es ist natürlich auch möglich, dass beide Traumtypen sind, und

Sie sich einfach nicht entscheiden konnten, auf wen Sie Ihr Hauptaugenmerk richten sollen. Falls dem so ist: Viel Erfolg! Ich habe allerdings die Erfahrung gemacht, dass ich mich eher zu einem der beiden hingezogen fühle.

In einer perfekten Welt ist es natürlich der Mann, den Sie sich ausgeguckt haben, der sich auch für Sie interessiert – und nicht sein weniger traumhafter Freund oder Kumpel. Leider geschieht es in der Realität durchaus, dass der andere ein lebhaftes Interesse an Ihnen entwickelt, während Ihr Traummann – als wahrer Freund, der er ist – seinem Kumpel den Vortritt lässt. Wie frustrierend, wenn Sie mit dem einen sprechen wollen, der andere aber stets die Unterhaltung an sich reißt. Hier nun kommt wieder die Freundin ins Spiel; wenn Sie zu zweit sind, können Sie von vornherein absprechen, dass die eine sich mit dem weniger tollen Typen unterhält, während die andere ihren Favoriten in Beschlag nimmt. Dabei sollten Sie sich allerdings abwechseln, damit der Abend für Sie beide nette Gelegenheiten bietet.

Und damit haben Sie vier gute Gründe, nicht allein, sondern mit einer Freundin auf die Pirsch zu gehen. Meistens ist es ein Riesenspaß. Ich weiß nicht, wie es Ihnen geht, aber bevor ich auf dieses Dating-Konzept gekommen bin, fiel der übliche Mädelsabend stets in eine von zwei Kategorien. Entweder – und das geschah seltener – trennten wir uns irgendwann, um uns mit unterschiedlichen Typen zu unterhalten, und die eine oder andere von uns kam dann vielleicht tatsächlich an ein Date. In die zweite Kategorie fielen Abende, die geprägt waren von dem Pakt, dass die Mädels zusammenbleiben.

Wenn dies der Fall war, hatte ich immer ein wenig das Gefühl, eine goldene Regel zu brechen, wenn ich mal mit einem netten Kerl sprach. Klar, es hat viele reine Frauenabende gegeben, die großartig waren, aber ich gebe zu, dass es mir keinen Spaß macht, mich ausschließlich in größeren Frauenclubs zu bewegen, die jeden halbwegs vernünftigen Mann abschrecken *müssen*. Und wenn man eigentlich um die Häuser zieht, um nette Kerle kennenzulernen, ergibt das irgendwie keinen Sinn. Wie soll ich mich mit einem Mann unterhalten, wenn ich jedes Mal ein schlechtes Gewissen haben muss, sobald ich mich unerlaubt von der Truppe entferne?

Zur Erleichterung meines ständig schlechten Gewissens lüftete ich irgendwann das Geheimnis der erfolgreichen Anmache, und der Mädelsabend konnte nunmehr beides miteinander verbinden: Wir Freundinnen hatten Spaß miteinander und halfen uns gegenseitig, mit diversen Traummännern ins Gespräch zu kommen. Großartig.

Aber wie alle großartigen Lösungen hat auch diese ihre Fallgruben, die ich zum Glück recht schnell zu umgehen lernte.

Grundregeln für den Mädelsabend mit weiterführenden Absichten

---

Als Frau mit Freundinnen ist mir aufgefallen, dass sich in größeren Gruppen gelegentlich (okay, eher öfter) ein gewisses Konkurrenzdenken entwickelt, sobald Jungs ins Spiel kommen. Das betrifft selbst beste Freundinnen. Besonders problematisch wird es dadurch, dass Freundinnen häufig auch einen ähnlichen Geschmack haben, was Männer angeht. Es geschieht eben nicht oft, dass ein toller Kerl sich in den gesellschaftlichen Dunstkreis eines Mädchens begibt, bevor es klar ist, zu wem er überhaupt »gehört«. Tut er es, sehen ihn alle als Beute, und es kann zu Eifersucht, Besitzansprüchen und Chaos führen, in dem Freundschaften enden und sich die Clique in zwei feindliche Lager spaltet.

Das Problem, das dahintersteckt, ist der weitverbreitete Irrglaube, dass es nicht genug tolle Typen auf dieser Erde gibt. Anständige Männer werden als seltene Spezies betrachtet, und wo immer ein Exemplar auftaucht, will jede es sich holen. Wenn Sie und Ihre Freundinnen monatlich höchstens ein oder zwei nette Kerle kennenlernen, dann ist Konkurrenz die natürliche Folge.

Aber was, wenn man pro Woche plötzlich zehn tolle Kerle trifft? Plötzlich erscheint es einem nicht mehr so wichtig, sich wegen des einen in die Haare zu kriegen – wo der herkommt, sind noch unzählige mehr zu finden! Und genau diese Einstellung ist unbedingt notwendig, damit der Mädelsabend wirklich funktioniert. Wer meint, dass es viele spannende Burschen da draußen gibt, unterhält sich zum Wohl der Freundin auch einmal mit dem weniger attraktiven, ohne gleich das Gefühl zu haben, man müsse nehmen, was übrig bleibt. So entsteht eine Zusammenarbeit, bei der niemand das Gefühl hat, etwas für die Freundin aufgeben zu müssen. Die Strategien und Techniken, die ich in diesem Buch beschreibe, funktionieren wirklich – es ist nicht unrealistisch, zehn nette Kerle pro Woche kennenzulernen, obwohl man vielleicht nur zweimal die

Woche ausgeht. Ein Mangel an tollen Kerlen darf niemals ein Thema werden.

Die erste und wichtigste Regel für einen Mädelsabend mit Beutefang ist die Zusammenarbeit: Mal kümmern Sie sich um den Kumpel des Traumtypen, den Ihre Freundin so unbedingt ansprechen will, und mal geschieht es andersrum.

Zusammenarbeit bedeutet auch, der anderen nicht das Wasser abzugraben oder sich selbst ins bessere Licht stellen zu wollen, wenn Sie beide ein Gespräch begonnen haben. Stattdessen sollten Sie einander unterstützen und aufbauen. Mit einer Freundin unterwegs zu sein, wertet Sie auf: Sie sind eindeutig ein gesellschaftsfähiges, geselliges und liebenswertes Wesen. Wenn die Freundin also erzählt, wie sie neulich mit dem Bungee-Seil von einer Brücke gesprungen ist, sollte man nicht mit »Also, als ich letztes Jahr in Neuseeland meinen ersten Fallschirmsprung gemacht habe ...« kontern, sondern viel mehr etwas Aufbauendes sagen: »Meine Güte, mir wäre schon Tage vorher schlecht gewesen, aber sie ...? Ist sie nicht cool?« Dies sorgt darüber hinaus für ein Wohlgefühl, das Ihre Freundschaft stärkt, selbst wenn die Typen sich am Ende als Pfeifen herausstellen.

Übrigens ist es sehr (sehr!) sinnvoll, sich ein Codewort auszudenken, das bei bestimmten Situationen zur Anwendung kommt. Und zwar immer dann, wenn Sie und Ihre Freundin gerade unmöglich Klartext sprechen können, aber die anderen wissen lassen wollen, was in Ihnen vorgeht. Hier sind einige der üblichen Zwangslagen, in denen sich ein Notfall-Code als extrem nützlich erweist:

* Sie sind absolut nicht begeistert von dem Kerl, mit dem Sie sprechen, aber Ihre Freundin scheint interessiert. Ob sie tauschen will?

* Sie haben genug von dem Kerl, mit dem Sie reden. Ist Ihre Freundin bereit, den Rückzug anzutreten?

* Der Kerl, mit dem Sie reden, gefällt Ihnen sehr. Ist Ihre Freundin willig, Sie mit dem Burschen ziehen zu lassen, damit man einander näherkommen kann?

Meine Freundin Audrey und ich sprachen immer das Thema Ausflug zum Strand an, wenn wir keine Lust mehr hatten, uns noch länger mit den betreffenden Männern zu unterhalten. Wenn wir Gesprächspartner tauschen wollten, erwähnten wir einen Gin Tonic, und wenn eine von uns allein mit dem Mann sein wollte, bat sie die andere um zehn Dollar für die »Parkgebühren«.

Je mehr Routine Sie in Ihrem Zusammenspiel bekommen, umso eher spielt sich die indirekte Kommunikation ein. Sorgen Sie nur dafür, dass die Männer Sie nicht durchschauen, denn das kann in äußerst unangenehme Gesprächssituationen münden.

Mit männlichen Freunden unterwegs

Es kann auch sehr spaßig sein, sich nach einem Traumtypen umzusehen, während man mit männlichen Freunden unterwegs ist.

Ich habe zwei gute Freunde, mit denen ich regelmäßig weggehe – und das Ergebnis ist immer umwerfend. Einen Kumpel zur Unterstützung zu haben ist ein Garant für Neutralität. Wie kann der Traumtyp denken, dass Sie ihn angraben wollen, wenn Sie ihn noch nicht einmal zuerst angesprochen haben?

Wenn Sie mit einem Freund gemeinsame Sache machen wollen, funktioniert das am besten, wenn Sie und er sich trennen. Sie bleiben am Tisch, an der Bar oder bei anderen Freunden, während Ihr Freund umherwandert. Jungs machen das andauernd, daher wirkt es ganz natürlich. Sie haben ihm vorher bereits gesagt, wen Sie sich als Traummann ausgeguckt haben, also sieht er sich vorgeblich nach süßen Mädels um, während er sich Ihrem Wunschkandidaten nähert.

Ihr Freund kann das Gespräch mit nahezu jedem Thema beginnen: Männliche Wesen haben es leicht, wenn sie andere männliche Wesen in einer Bar ansprechen wollen. Andere Schauplätze erfordern möglicherweise andere Sprüche, können aber einen ebenso zwanglosen Hintergrund bieten. In einer Bar kann er z. B. sagen: »Wow, hier laufen aber wirklich ein paar nette Ladys herum. Ich war gerade in [Name der Bar], und da war es ziemlich ruhig, aber hier geht ja die Post ab – beliebter Laden, was?« Hundert Prozent aller Männer werden in zehn von zehn Fällen einen Kommentar dazu abgeben. Sie werden nicht auf die Idee kommen, dass Ihr Freund sie angraben will, weil er die Ladys erwähnt hat. Und Ihr Freund schneidet ein beliebtes Männerthema – Frauen eben – an. Ebenfalls hoch im Kurs stehen: das Spiel gestern Abend, Autos/Motorräder und technischer Schnickschnack. Überlassen

Sie Ihrem Freund, was er ansprechen will: Er übernimmt die Eröffnung für Sie.

Und nun müssen Sie nur noch grob in seine Nähe kommen – vorgeblich auf dem Weg zu den Toiletten zum Beispiel. Ihr Freund ruft »Hey, Michelle!« und bezieht sie dann geschickt in die Unterhaltung mit ein, indem er etwas sagt wie: »Ich habe mich gerade mit den Jungs hier über die Bars in der Gegend unterhalten. Wie heißt noch mal die zwei Straßen weiter, in der man auch Poolbillard spielen kann?« Am besten stellt er Sie jetzt als eine Freundin vor, sodass keiner der Fremden vermutet, Sie seien ein Paar und er müsse zwingend die Finger von Ihnen lassen – und schon können Sie ungezwungen zu plaudern beginnen. Wenn die Unterhaltung sich locker entwickelt, kann Ihr Kumpel sich entschuldigen, und Sie haben die Chance, den Traumprinzen näher kennenzulernen.

Und warum sollte ein Kumpel das für Sie tun?

1. Weil es enormen Spaß macht, das alles zu planen. Man kommt sich vor wie in geheimer Mission.

2. Sie können dasselbe für ihn tun. Sie können natürlich ebenso leicht mit Frauen ins Gespräch kommen wie er mit Jungs. Er sucht sich die Mädchen aus, die er mag, Sie die Jungs, die Sie wollen, und Sie beide kehren mit vielen Telefonnummern nach Hause zurück.

Herrlich.

Was geschieht, wenn er nicht reagiert? Eröffnungen verbinden

Ungefähr bei der Hälfte aller Versuche sollten Sie mit der ersten und einer einzigen Eröffnung Erfolg haben. Das Gespräch setzt ungehindert ein und entwickelt sich leicht und locker, Sie lernen sich näher kennen, und alles wird gut.

Manchmal allerdings reicht eine Eröffnung nicht, um ein angeregtes Gespräch in Gang zu bringen. Vielleicht ist der Auserwählte schüchterner als andere. Vielleicht hat er noch nie etwas von Angelina Jolie gehört. Vielleicht ist es laut in der Bar, und er hat Sie einfach nicht richtig verstanden. Vielleicht haben Sie auch das falsche Thema gewählt, und Sie und er haben (noch) nicht die gleiche Wellenlänge. All diese Eventualitäten liegen nicht in Ihrer Hand. Deswegen empfehle ich stets, noch ein paar Asse im Ärmel zu haben, falls Sie tatsächlich an einen Mann geraten, der sich nicht überschlägt, um sich mit Ihnen zu unterhalten.

Plan B besteht darin, auf die erste Eröffnung eine oder mehrere folgen zu lassen. Dadurch bekommt der Mann, mit dem Sie reden wollen, mehr Zeit, angemessen zu reagieren. Also, sich zu fangen und sich eine Reaktion auszudenken (falls er von der schüchternen Sorte ist), die zweite Eröffnung auf sich zu beziehen (falls die erste nicht zu ihm durchgedrungen ist) oder Ihre Worte akustisch wahrzunehmen (falls Ihr erster Versuch im Lärm untergegangen ist). Was genau Sie sich aussuchen, ist von der Situation abhängig. Wenn Sie in einer Sportsbar sind, sollten Sie etwas Unterhaltendes anbringen, bei einer Wohltätigkeitsveranstaltung ist möglicherweise etwas Ernsteres die Lösung.

Hier ein Beispiel:

SIE: »Jungs, bitte erklärt mir etwas. Stehen Männer im Allgemeinen auf Angelina Jolie? Meine Freundin behauptet das, aber all die Männer in meinem Bekanntenkreis finden, dass sie zu dicke Lippen hat.« (1. Eröffnung)

ER: »Äh ... weiß nicht.« (eine Nicht-Reaktion)

SIE: »Und Julia Roberts? Ist ihr Mund zu breit?« (Anschlussfrage)

ER: »Äh ... weiß nicht.« (noch eine Nicht-Reaktion; Zeit, zur zweiten Eröffnung überzuwechseln)

SIE: »Okay, dann wird mir das wohl ein Rätsel bleiben, aber wo ich grade mit dir spreche, kannst du mir vielleicht eine andere Frage beantworten: Wie kommt es, dass Männer beim Gewichtestemmen immer grunzen müssen? Frauen tun es ja auch nicht – wieso Männer?« (2. Eröffnung)

ER: »He he, stimmt. Eine Menge Männer grunzen.« (Hurra! Eine Reaktion!)

SIE: »Aha. Du bist bestimmt auch so einer, oder?«

ER: »Aber nie im Leben! Ich grunze nie! Na ja ... vielleicht, wenn ich mir wirklich viel Gewicht draufpacke. Aber immer nur ganz wenig.«

(Ha, jetzt hat es ihn gepackt. Herzlichen Glückwunsch, Sie haben es geschafft. Jetzt nicht nachlassen.)

SIE: »Aha? Und wie klingt das? Mehr wie ›Uhhhh‹ oder eher wie ›Grrrr‹«?

ER: (grinst) »Wahrscheinlich eher wie ›Hnnnngnnnnn‹!«

SIE: »Wenigstens bist du ehrlich. In welches Studio gehst du denn?«

ER: »In das kleine, relativ neue in der [Straße des Studios]. Und du?«

SIE: »Das ganz große in der [Straße Ihres Studios].«

ER: »Trainierst du einfach so? Oder für etwas Bestimmtes?«

Und so weiter.

Der Angesprochene in diesem Beispiel konnte offenbar weder mit Angelina Jolie noch mit Julia Roberts etwas anfangen. Vielleicht brauchte er eine Aufwärmphase, vielleicht interessieren die beiden ihn einfach nicht, aber wen kümmert's – er hat auf das zweite Thema reagiert, das ohne unangenehme Pause angefügt wurde. Hätte das nicht funktioniert, hätte man sicher auch noch eine dritte Eröffnung probieren können.

Eröffnungen zu verbinden ist auch dann nützlich, wenn man sich in Situationen befindet, in denen es nicht ganz so unverfänglich ist, eine Unterhaltung vom Zaun zu brechen wie in einer Bar, in einem Café oder einem Supermarkt etc. Stellen wir uns vor, der Traumtyp liegt am Strand auf seinem Handtuch und liest ein Buch. Um sich herum überall freie Sandfläche, Sie haben also keine Chance, sich auf subtile Art zu nähern. Was tun?

Wenn Sie einfach auf ihn zugehen und »Hi« sagen, dann weiß er direkt, was Sie vorhaben. Wenn Sie aber vor die eigentliche Eröffnung einen simplen Fragesatz schalten, dann entwickelt sich fast wie von selbst ein nettes Gespräch:

SIE:	»Entschuldigung, haben Sie vielleicht Sonnencreme dabei?« (1. Eröffnung)
ER:	»Ja, klar, hier bitte.«
SIE:	»Danke. Übrigens ... wissen Sie vielleicht, ob man hier irgendwo gut surfen lernen kann? Ich habe schon lange Lust dazu, brauche aber noch eine Empfehlung.« (2. Eröffnung)
ER:	»*Joe's Surfschule* ist ziemlich gut. Ich helfe da manchmal als Trainer aus.«
SIE:	»Ist das schwer zu lernen? Ich meine, woher weiß man zum Beispiel, wann die Wellen brechen?« (Anschlussfrage)
ER:	»Ach, das ist kein Problem, man sieht sich das Ganze einfach nur lange genug vom Strand aus an. Viel schwieriger ist es, auf dem Brett aufzustehen!«

Und schon haben Sie eine scheinbar unmögliche Annäherung geschafft und den süßen Surfer kennengelernt, auf den so viele scharf sind.

Stellen wir uns vor, das Zielobjekt sitzt inmitten seiner Clique von attraktiven Kerlen an einem Tisch in einer Bar. Wie geht man damit um? Die meisten Leute sind der Meinung, dass man zunächst stehen bleibt. Man setzt sich erst, wenn die Unterhaltung locker genug vor sich hinplätschert, dass man das Gefühl hat, es sei jetzt legitim, sich dazuzusetzen.

Dem stimme ich überhaupt nicht zu.

Wer eine Weile stehen bleibt und sich dann setzt, verleiht dieser Handlung eine Bedeutung. Das Abwarten wirkt dann wie eine Testphase, und wer sich anschließend setzt, macht klar: Es besteht Interesse. Wodurch die Neutralität Ihrer Annäherung für die Tonne wäre. Falls Sie sich aber direkt dazusetzen, nachdem der oder die netten Kerle auf Ihre Eröffnung reagiert haben, können Sie Ihren neutralen Status aufrechterhalten. Außerdem wirken Sie wie eine extrem entspannte und selbstbewusste Frau, die sich auch bei Fremden wohlfühlt, falls die Unterhaltung sie packt.

Natürlich haben Sie recht: Es wird im Allgemeinen gesellschaftlich nicht akzeptiert, wenn man als Außenstehender in eine Gruppe platzt und sich einfach dazusetzt. In diesem Fall jedoch läuft es so ab: Sie kommen an den Tisch, stellen eine neutrale Frage, bitten um eine Antwort, mögen diese Antwort und setzen sich, um die Diskussion fortzuführen. Weil Sie nicht so tun, als sei es merkwürdig, peinlich oder unangebracht, wird nach kurzer Zeit auch kein anderer mehr darüber nachdenken.

Ein Beispiel zur Erläuterung:

SIE: (stehen noch): »Jungs, könnt ihr mir etwas erklären? Warum geben Männer nie die Fernbedienung aus der Hand? Ich habe eben mit ein paar Jungs aus meinem Bekanntenkreis ferngesehen, bevor wir herkamen, und nicht einmal in den Werbepausen durfte ich das Ding haben. Das sei eben so, sagte man mir. Aber warum, bitte schön?«

ER: (sitzt und lacht): »Das muss etwas mit Macht zu tun haben.«

SIE: (setzen sich, während Sie reden und beugen sich vor, um ihn besser zu verstehen): »Aha? Aber ist das nicht traurig, über so etwas Unwichtiges die Kontrolle haben zu wollen? Oder fürchten Männer vielleicht, Frauen würden etwas kaputt machen?«

ER: »Na ja, bla bla bla.«

Noch einmal: Obwohl es Ihnen vielleicht zunächst gegen den Strich geht, ist dies meiner Meinung nach mit Abstand die schlaueste Art, mit sitzenden Menschen umzugehen. Wenn Sie selbstbewusst sind, können Sie die Jungs sogar bitten, ein Stück zu rutschen, um Platz zu machen. Anstatt als Außenseiterin mit der Gruppe zu sprechen, fügen Sie sich ein und machen sich zum Bestandteil der Runde, indem Sie sich so bald wie möglich setzen.

Ich habe in diesem Buch immer wieder betont, wie wichtig ein neutraler Einstieg ist, damit Ihr Ansprechpartner nicht auf die Idee kommt, dass Sie von vornherein geplant haben, mit ihm ins Gespräch zu kommen. Aber wie Ihnen vermutlich auch aufgefallen ist, verwende ich viele Beispielsätze, die von Anfang an über typisch männliches Benehmen oder die männliche Bevölkerung im Allgemeinen herziehen – da geht es um den klassischen Bodybuilder oder die merkwürdige Affinität zu Fernbedienungen. Im Anschluss treibe ich es meistens sogar noch weiter und verdächtige den Betreffenden, ebenfalls ein Grunzer oder ein Fernbedienungsfetischist zu sein. Dies ist eine ziemlich kesse Art zu flirten, und sie funktioniert ganz großartig, denn:

1. Es macht Laune! Wie oft kommt man in Alltagsgesprächen in den Genuss, Männer als Grunzer zu bezeichnen, ohne dass es danach Streit gibt? Außerdem entspricht es der Wahrheit. Und beide Geschlechter wissen zu schätzen, wenn jemand scharfsichtig auf die witzigen Besonderheiten eines Durchschnittsmannes hinweist. Dadurch wirken Sie von vornherein lustig und entspannt und das ist ein dicker Pluspunkt.

2. Ein männliches Wesen kommt sehr viel besser damit zurecht, wenn ein Mädchen ihn mit seinen geschlechtstypischen Neurosen aufzieht, als wenn sie ihm sagt, was für wundervolle blaue Augen er hat.

3. Witze zu reißen und frech zu sein nimmt der ganzen Situation viel Druck und Bemühtheit. Und zwar deshalb, weil

Sie ihm nicht von vornherein verraten, wie toll Sie ihn finden. Stattdessen ziehen Sie ihn auf.

Den Traumtypen zu necken bedeutet im Grunde, mit Sicherheitsabstand zu flirten. Die Distanz besagt: »Ich necke dich, weil ich nicht an dir interessiert bin«, während man in Wahrheit meint, »Ich finde dich heiß, deswegen will ich dich ein bisschen aufziehen.« Diese erprobte und funktionierende Technik reicht bis zu unseren ersten Annäherungsversuchen im Sandkasten zurück. »Was sich liebt, das neckt sich«, wie unsere Großmütter schon immer gesagt haben. Sie hatten recht. Doch weil der Betroffene niemals mit Sicherheit sagen kann, ob die Frau ihn aufzieht, weil sie ihn so gut leiden kann oder weil er sich einfach nur ganz wunderbar aufziehen lässt, bleibt diese Art zu flirten bei aller Direktheit auf neutralem Boden ... und wirkt umso besser.

Achtung: Von allen Taktiken, die ich in diesem Buch beschreibe, braucht vor allem diese Übung, Übung, Übung. Zieht man den Mann zu schwach auf, merkt er es vielleicht gar nicht, tut man zu viel des Guten, hält er Sie für eine Zicke mit Komplexen. Experimentieren Sie mit dem Maß an Witzelei, sodass Sie sich je nach Reaktion zurücknehmen oder erneut loslegen können. Man lernt rasch, welches Niveau in welcher Situation angemessen ist. In einer Bar lässt es sich viel natürlicher und alberner witzeln; dort werden Späße erwartet. In einem Café kann alles, was über sanften Humor hinausgeht, schon zu viel sein.

Betrachten Sie diese Experimente als Testläufe, und nehmen Sie es nicht persönlich, wenn sich die Dinge nicht so entwickeln wie erhofft. Nicht vergessen: Da draußen warten noch viele tolle Kerle, die Sie ansprechen können ... und sollen!

Was, wenn Ihr Zielobjekt sich innerhalb einer Gruppe von Freunden befindet oder – noch schlimmer – in einer von Freunden und Freund*innen*?

Wer einen Mann in einer Gruppe ansprechen will, muss schon recht fortgeschritten sein. Ich empfehle unbedingt, die Eröffnungen erst an einem einzelnen Mann oder vielleicht an zwei Männern zu proben, bevor sie sich tatsächlich in größere Gruppen wagen. Wenn Sie zuversichtlich sind, es mit Traumtypen und ihren besten Kumpeln aufnehmen zu können, dann »Willkommen im Dschungel!«

Der Traummann in männlichen Gruppen

Männer verhalten sich in Gruppen vollkommen anders als Frauen. So erstaunlich es erscheinen mag – Jungs werden weit weniger von Konkurrenzdenken beherrscht, sobald es um das andere Geschlecht geht. Wenn eine Frau in eine Gruppe von Jungs kommt, und einer findet eindeutig Gefallen an ihr, treten die anderen zurück, selbst wenn sie sie auch appetitlich finden. Sie tun das um ihrer Freundschaft willen. Gewöhnlich (und unglücklicherweise) sind es oft die attraktiven Kerle, die den anderen den Vortritt lassen, weil sie zu Recht annehmen, dass sie ohnehin mehr Chancen bei den Mädels haben. Manch einer scheint es wahrhaftig als ungerecht zu betrachten, das Monopol auf das Mädchen zu haben, das sich zu der Gruppe gesellt. Diese tollen Männer entschuldigen sich häufig sogar und gehen, um dem weniger Attraktiven Zeit und Gelegenheit zu geben, bei der betreffenden Frau zu landen. Das kann extrem frustrierend sein, falls man sich eigentlich zu dieser Gruppe gesellt hat, weil man den supersüßen Kerl, der sich soeben verzogen hat, ansprechen wollte, und das ist mir verdammt *oft* passiert!

Die Lösung ist recht simpel: Jungs sind realistisch. Der Traumprinz wird dem weniger Traumhaften Gelegenheit geben, bei dem Mädchen zu punkten, aber sobald deutlich wird, dass sie auf einen anderen steht (nämlich auf den Traumprinzen), ist es im männlichen Ehrenkodex legitim, es nun selbst zu versuchen. Der weniger Attraktive wird sich zurückziehen und sich damit trösten, dass es heute eben nicht sein Abend gewesen ist.

Aber genau wie dem allein herumstehenden Mann nähern Sie sich der Gruppe neutral. Sie zeigen keinerlei Interesse an irgendeinem der Typen, denn Sie sind eine eigenständige und selbstbewusste Frau, die nur eine Antwort auf eine Frage braucht.

Wenn die Unterhaltung (nach ungefähr fünf Minuten) schließlich fließt, ist es legitim, damit zu beginnen, an einem der Anwesenden etwas mehr Interesse zu zeigen. Sie tun das nicht offen, aber doch so deutlich, dass die anderen in der Gruppe den Wink verstehen.

Das funktioniert zum Beispiel über Augenkontakt – sehen Sie dem Mann Ihrer Wahl einfach öfter in die Augen als den anderen in der Gruppe. Vielleicht lachen Sie über seine Witze etwas herzlicher. Und wenn alle durcheinanderreden, wenden Sie sich dem Traumtypen zu und lauschen ihm, um *seinen* Gesprächsfaden aufzunehmen. Sie können ihn auch während der Unterhaltung leicht berühren, sofern Sie das bei den anderen Jungs noch nicht getan haben.

Hüten Sie sich davor, zu irgendeinem aus der Truppe gemein oder pampig zu werden; subtile Hinweise, dass Sie den einen vorziehen, reichen meistens aus, denn Männer sind durchaus sensibel dafür. Gewöhnlich geben sie recht schnell nach und werden wahrscheinlich bald den Rückzug antreten.

Gemischte Gruppen

Für Gruppen, die aus Männern *und* Frauen bestehen, sind die Regeln im Grunde dieselben, wie im vorherigen Abschnitt beschrieben, aber hier noch ein paar Extratipps:

Am besten lässt sich mit den Mädchen in dieser Gruppe umgehen, wenn man mit ihnen genauso plaudert wie man es mit den Kerlen tut. Sehen Sie sie oft an, schließen Sie sie ins Gespräch ein, und seien Sie vor allem nett und freundlich zu ihnen. Wir Frauen können Zicken aus großer Entfernung wittern. Wenn Sie eine jener Frauen sind, die einen hauptsächlich männlichen Freundeskreis hat, und schon einmal erlebt haben, wie ein Mädchen in Ihre Clique kommt und Sie einfach ignoriert, dann wissen Sie, wovon ich spreche. Es ist ausgesprochen wichtig, dass das Mädchen in der Truppe Sie leiden kann. Wenn die Jungs spüren, dass ihre gute Freundin die Nackenhaare aufstellt, verlieren sie wahrscheinlich das Interesse daran, Sie kennenlernen zu wollen. Diese Frau ist eigentlich einer der Jungs, und wenn sie in der Gruppe respektiert wird, dann werden die Männer diese Freundschaft nicht aufs Spiel setzen. Umgekehrt werden die Männer sie sich als Vorbild nehmen, wenn sie Sie leiden kann und offen auf Sie zugeht.

Natürlich ist diese Einschätzung nicht immer stimmig. Es gibt Frauen, die ihr Territorium mit erstaunlicher Wildheit verteidigen, egal wie gelassen und nett *Sie* sich ihr gegenüber verhalten. Falls das der Fall ist, bleiben Sie einfach so cool und neutral wie möglich. Die Jungs wissen wahrscheinlich längst, wie ihre Freundin ist, und wenn Sie Ihr freundliches Verhalten beibehalten, wird Ihnen das einige weitere Pluspunkte verschaffen.

Falls das Mädchen die Freundin eines der Jungs aus der Gruppe ist oder es gern wäre, dann wird sie Ihnen rasch und unmissverständlich klarmachen, von wem Sie die Finger zu lassen haben. Falls sie Sie ebenfalls als nette Person betrachtet, hat sie bestimmt nichts dagegen, dass Sie sich mit den anderen Jungs beschäftigen. Da Sie den neutralen Ansatz gewählt haben, wirkt Ihre Anwesenheit nicht bedrohlich, und wenn Sie jetzt noch witzig sind, lässt sich auch die Henne im Korb vielleicht nur allzu gern auf eine Plauderei mit Ihnen ein.

Merken wir uns also: Ob Sie sich einem einzelnen Mann, einem Mann mit Kumpel oder einer Gruppe nähern – die Regeln sind überall die gleichen. Bleiben Sie neutral. Und wenn sich andere Frauen in der Gruppe befinden, bleiben Sie freundlich und gelassen.

Kein Dating-Ratgeber, der etwas taugt, kommt ohne ein Kapitel über Körpersprache aus. Eigentlich. Aber ich möchte mich trotzdem nur am Rande damit beschäftigen, da ich meine, dass jede gesellschaftlich gut verträgliche Frau in der Lage ist, ihre Körpersprache auf die jeweilige Situation abzustimmen. Es gibt allerdings einige Punkte, die ich für alle Fälle hier noch einmal erwähnen möchte.

1. Augenkontakt: Ein neutraler Ansatz bedeutet, den Traumtypen nicht anzustarren, bevor man sich ihm nähert. Idealerweise hat er Sie bereits bemerkt, denkt aber, umgekehrt sei das nicht der Fall.

2. Körperhaltung: Wenden Sie sich bei der Eröffnung dem Kandidaten nicht frontal zu, denn das verrät Interesse und ist nicht neutral. Tun Sie es stattdessen nur leicht. Diese Haltung passt außerdem zu jemandem, der intensiv über etwas nachdenkt (wie Sie es in diesem Augenblick vorgeben) und sich dem Nächstbesten zuwendet, um ihn nach seiner Meinung zu fragen. Wenn das Gespräch im Gang ist und persönlicher wird, wirkt es ganz normal, wenn Sie sich ihm nun frontal präsentieren. Er wird es richtig interpretieren und zufrieden glauben, dass er derjenige ist, der das Interesse in Ihnen geweckt hat.

3. Berührungen: Wenn die Unterhaltung in die Phase eintritt, in der Sie und der Angesprochene eine Beziehung zueinander aufbauen, kann es hilfreich sein, ihn spüren zu lassen, dass Sie offiziell interessiert sind. Da Sie sich neutral genähert haben und er daher nicht mit Sicherheit sagen kann, ob Sie einfach nur nett sind oder ihn tatsächlich für einen potenziellen Dating-Kandidaten halten, helfen Sie ihm, indem Sie ihn hin und wieder berühren.

Falls er etwas Lustiges sagt, kann man sich beispielsweise vorbeugen und beim Lachen seinen Arm berühren. Lassen Sie die Hand nur nicht liegen (das macht ihm Angst) – ziehen Sie sie spätestens nach zwei bis drei Sekunden wieder zurück. Im Sitzen eignet sich die Stelle direkt über dem Knie ebenfalls ganz hervorragend, denn sie ist ein bisschen sexy, aber drücken Sie bloß nicht, denn eine Menge Leute sind dort sehr kitzelig. Falls der Oberschenkel Ihnen zu gewagt vorkommt, bleibt noch die Schulter; sie befindet sich noch am ehesten im »Freundschaftsbereich« und ist vor allem dann ideal, wenn Sie nervös sind.

Es gibt keine in Stein gemeißelten Regeln für Berührungen, da jede Unterhaltung anders ist. Im Grunde gilt: Wenn Sie sich gut unterhalten und spüren, dass Sie ihm sympathisch sind, fassen Sie ihn ruhig an. Falls Sie sich nicht sicher sind, kümmern Sie sich erst intensiver darum, ein Verhältnis aufzubauen und probieren Sie es dann an seiner Schulter. In neunundneunzig Prozent aller Fälle lässt sich an seinem Gesichtsausdruck erkennen, ob er die Berührung mag oder nicht, also beobachten Sie ihn, während Sie es tun. Gefällt es ihm, lächelt er vielleicht oder wird sogar rot, was Sie dazu ermuntern sollte, nun zum Arm oder sogar zum Oberschenkel überzugehen. Gefällt es ihm nicht, sehen Sie auch das.

Aber noch eine Warnung: Es gibt Menschen, die auf Berührungen grundsätzlich unwillig reagieren und sie erst dann tolerieren, wenn sie mit dem anderen vertrauter sind. Falls er sich bei vorsichtigen Berührungen seltsam verhält, treten Sie den Rückzug an und warten Sie, bis er Sie zuerst berührt. Außerdem empfehle ich, Oberschenkel immer erst dann zu berühren, wenn man sich des männlichen Interesses einigermaßen sicher sein kann. Die Geste ist eindeutig und lässt wenig Raum, auszuweichen, falls es ihm dann doch nicht passt.

Gesprächsstoff: Die Garderobe als Eröffnung

In einem Dating-Ratgeber darf natürlich auch die Rubrik Outfit nicht fehlen, aber wieder möchte ich behaupten, dass eine moderne Frau hier keinen Rat braucht, weil sie weiß, wie es geht. Nur eine Sache möchte ich noch erwähnen: **Falls Sie etwas Ungewöhnliches haben, das sich als Gesprächsaufhänger eignet: Ziehen Sie es an!**

Wenn man einem Mann den Grund, eine Frau anzusprechen, quasi frei Haus liefert, wird er es ziemlich wahrscheinlich tun. Ein ungewöhnliches T-Shirt, Schmuckstück, Kleid usw. bietet ihm eine wunderbare Gelegenheit, ein Gespräch anzufangen.

Ich trage oft eine bestimmte Kette, die ich in einem Billigladen gefunden habe, und werde mindestens fünfmal pro Abend darauf angesprochen. Nicht alle Kerle, die sich so den Einstieg in ein Gespräch verschafft haben, hätte ich mir selbst ausgesucht, aber es tut dem Selbstbewusstsein immer gut, wenn Männer sich einem nähern, auch wenn sie es auf wenig originelle Weise tun. Zudem kann der Traummann, den *Sie* als Zielobjekt anpeilen, über das ungewöhnliche Teil ebenfalls leicht in ein Gespräch einsteigen.

Ich ermuntere meine Leserinnen, auszugehen und in persona Männer kennenzulernen, weil man so auf Anhieb ein viel besseres Gefühl dafür bekommt, ob die gegenseitige Sympathielage beim betreffenden Mann wirklich stimmt. Körpersprache, Stimmlage, der Geruch und sogar der Ort, an dem man sich trifft, sprechen Bände. Beim Online-Dating können Sie sich nur auf Worte stützen.

Machen Sie sich bewusst, dass es sich beim Online-Dating wie beim persönlichen Kennenlernen um ein Zahlenspiel handelt. Man mag nicht jeden Kerl, mit dem man sich verabredet, und so ist es wahrscheinlich, dass man mehr Dates mit Internet-Eroberungen hinter sich bringen muss, bevor man den Richtigen trifft, als es der Fall wäre, wenn Sie sich persönlich verabredeten. Man hat weniger Informationen über die betreffende Person und erhält sie auch erst beim ersten Date.

Andererseits gibt es großartige Gründe, es ab und zu einmal mit Online-Dating zu versuchen, zum Beispiel, wenn man zu müde zum Ausgehen ist. Ein weiterer Vorteil, vor allem für Frauen, ist der gigantische Schub fürs Selbstwertgefühl. Wenn Sie eine Trennung hinter sich haben und sich langsam wieder auf den Markt wagen wollen, erstellen Sie zunächst ein Online-Profil. Vierundzwanzig Stunden später haben sie fünfundzwanzig Nachrichten von Kerlen im Postfach, die Sie um eine Antwort anflehen. Nicht alle werden attraktiv sein und nicht alle werden zu Ihnen passen, aber wer kann nicht ein bisschen öffentliche Wertschätzung gebrauchen?

Ich möchte mich an dieser Stelle nicht mit der Erstellung des Profils und der Bilderauswahl beschäftigen, denn ich bin mir sicher, dass Sie als moderne Frau schon wissen, was Sie tun. Es gibt aber ein bestimmtes Problem, dessen ich mich hier annehmen möchte: Wie kriegt man den Auserwählten dazu, auf die E-Mails zu reagieren?

Die Lösung liegt in der Annäherung, die im Prinzip genauso funktioniert wie bei der persönlichen Ansprache:

1. Bleiben Sie neutral und verkneifen Sie sich jegliche sexuelle Andeutung.

2. Schaffen Sie auf neutraler Basis Nähe, indem Sie ihm außer dem augenscheinlichen Grund des Kontakts noch einen anderen Grund präsentieren, sich mit ihm zu unterhalten.

3. Überlegen Sie sich Anschlussthemen. Das Schöne am Online-Dating ist, dass man Zeit zum Nachdenken hat, wie es weitergehen kann, während man auf eine Reaktion wartet. Es hängt von der Website ab, aber meistens kann man zwischen Chatten im Sofortnachrichtenmodus und E-Mail-Kontakt wählen.

Als ich zum Beispiel einmal das Profil eines Mannes entdeckte, das mir gefiel, durchsuchte ich es nach irgendetwas, das mich zumindest am Rande interessierte, um genauer nachfragen zu können. Ich fand mehrmals eine Bemerkung zu Triathlon, was ich damals auch ganz gern einmal ausprobieren wollte. Also mailte ich ihm folgenden Brief:

»Hi, CR175TRiMan. Ich habe in deinem Profil gelesen, dass du Triathlet bist. Ich überlege schon eine ganze Weile,

> es auch einmal auszuprobieren, weiß aber nicht, wo ich anfangen soll. Könntest du mir mehr darüber sagen? Jeder Tipp ist hilfreich. Danke!«

Er antwortete schon am nächsten Tag und bot mir an, sich auf einen Kaffee zu treffen, um meine Fragen zu beantworten. Tatsächlich fand das Treffen statt. In den ersten zwanzig Minuten sprachen wir detailliert über Triathlon, danach wurde die Unterhaltung persönlicher, und wir tauschten Informationen über unsere Berufe, die Wohngegenden, unsere Vorlieben und Abneigungen aus. Es war ein toller Nachmittag.

Später erfuhr ich, dass er erst nicht einschätzen konnte, ob ich mich wirklich nur für Triathlon oder eher für ihn interessierte. Dieser Zweifel weckte seine Neugier. Er hatte ein sexy Foto ins Netz gestellt und bekam pro Woche mindestens fünfzehn E-Mails von Frauen, die sich mit ihm verabreden wollten. Er beschloss aber, sich mit mir zu treffen, weil er neugierig war, was ich wirklich wollte.

Zusätzlicher Pluspunkt, noch vor dem Date ein Gesprächsthema festgelegt zu haben, war, dass es kein peinliches Schweigen oder Herumdrucksen gab. Das Thema Triathlon kann sehr weit gefasst werden, und wir hätten uns wahrscheinlich noch mindestens eine Stunde darüber unterhalten können, ohne dass es uns langweilig geworden wäre, aber bei uns sprang der Funke recht schnell über, sodass wir andere Dinge voneinander wissen wollten.

Generell rate ich beim Online-Dating, sich sein Interesse am Auserwählten nicht direkt anmerken zu lassen. Kontaktieren Sie ihn, weil Sie ein Informationsbedürfnis haben. In den meisten Fällen schickt der Betreffende eine Antwort, um herauszufinden, ob Sie am Thema oder an seiner Person interessiert sind. Machen Sie ein Treffen aus und lassen Sie sich darauf ein: Mit etwas Glück springt der Funke über.

Es macht mich traurig, dass ich es erwähnen muss. Es wäre so schön, wenn jeder nett mit dem anderen umgehen würde und es weder Gewalt noch Zorn in dieser Welt gäbe, aber das ist natürlich illusorisch.

Ich weiß, dass Sie wissen, wie Sie sich schützen können, und Sie wissen, dass ich etwas dazu sagen muss, also tue ich das jetzt:

Vertrauen Sie Ihren Instinkten.

Wenn der Kerl Ihnen irgendwie merkwürdig vorkommt oder Sie plötzlich etwas aufschnappen, das Ihnen das Gefühl gibt, in Gefahr zu sein, gehen Sie, und zwar so schnell wie möglich. Nähern Sie sich keinem einzelnen Mann, wenn weit und breit niemand zu sehen ist. Sorgen Sie dafür, dass das erste Treffen immer dort stattfindet, wo viele Menschen sind: In einem Restaurant, einem Café, einem Park zur Mittagspausenzeit. Gehen Sie mit niemandem nach Hause, ohne einen Freund oder einer Freundin mitzuteilen, wo Sie sich aufhalten. Nehmen Sie immer Handy und Pfefferspray mit, wenn Sie ausgehen. Und benutzen Sie immer – IMMER – Kondome. Die Sicherheit steht an erster Stelle, egal wie knuffig Ihr Traumprinz ist.

Der schlechte Rat: *Der Richtige wird zu dir kommen. Vertrau dem Schicksal. Eines Tages klopft er an deine Tür und nimmt dich auf einem weißen Pferd mit zu seinem Schloss.*

Was ist schlecht an diesem Rat? *Es sind die beiden Worte »eines Tages« in dieser hübschen Prophezeiung, die mir nicht gefallen. »Eines Tages« könnte nächste Woche sein, aber auch Ihr fünfundneunzigster Geburtstag. Ich möchte mein Liebesglück lieber in die eigenen Hände nehmen. In der Regel bekommt man genau das heraus, was man hineinsteckt: Wer sich ein wenig Mühe gibt, kann sich aus fünfzig Traumprinzen einen aussuchen. Wer nichts tut, verbringt das Wochenende eben mit der Katze vor der Glotze und sieht zu, wie andere Mädels ihre Traumprinzen küssen.*

3. KAPITEL

Sie selbst

Ich habe die Wahl – und nun?

Da wir nun das Thema, wie man Mr Right kennenlernt, abhaken können, stellt sich die nächste Frage ganz automatisch: Wie muss Mr Right sein? Oder anders ausgedrückt: Was will ich, **Sie selbst,** überhaupt?

Ich persönlich hatte tatsächlich Schwierigkeiten, mir diese Frage zu beantworten, als ich plötzlich die Wahl hatte. Eigentlich war ich der Meinung, ich wüsste genau, was ich suche, aber je öfter ich mich mit Männern verabredete, die meinen Suchkriterien zu entsprechen schienen, umso deutlicher wurde mir, dass mit meinen Suchkriterien etwas nicht stimmte.

Der Rat, den ich am häufigsten hörte oder las, während ich an einer Dating-Strategie feilte, lautete, man solle das Beste aus dem machen, was man hat oder bekommt. Laut vieler einschlägiger Literatur geht es nicht darum, was man persönlich will; kreuzt ein Mann meinen Pfad, schnappe ich ihn mir und sehe zu, wie ich mit ihm zurechtkomme.

Was für ein Blödsinn.

Ändern Sie von nun an diese Spielregeln: Wenn ein Kerl etwas zu Ihnen sagt, das Sie extrem ärgert, verlieren Sie einfach seine Telefonnummer. Wenn er Sie versetzt, lassen Sie ihn fallen. Wenn er eine furchtbare Angewohnheit besitzt, an die Sie sich, wie Sie genau wissen, nie gewöhnen werden, vergessen Sie ihn. Nie, nie, nie müssen Sie sich mit einem Kerl abgeben, der Ihnen auf die Nerven geht – nur weil Sie meinen, im Moment gäbe es niemand anderes für Sie. Die Welt ist voller Traummänner, die man ständig und überall kennenlernen kann. Finden Sie Ihren persönlichen Mr Right.

Natürlich steht das im Kontrast zu dem, was man gewöhnlich zu hören bekommt, wenn es um Beziehungen zwischen Mann und Frau geht. Hat man uns nicht immer gesagt, man müsse dem anderen und sich selbst Zeit geben, einander lieben zu lernen, solle nicht zu hohe Ansprüche stellen? Aber diese Einstellung basiert – wir haben schon darüber gesprochen – auf dem Irrglauben, dass tolle Männer Mangelware sind. Wenn Sie glauben, pro Monat höchstens zwei Männer kennenlernen zu können, dann ergibt es durchaus Sinn, dem Kerl, der am Wochenende so gern Kaninchen abknallt, Ihre Nummer zu geben. Kann sein, dass Sie sich irgendwann an sein Hobby gewöhnen. Lernen Sie aber wöchentlich mindestens zehn tolle Typen kennen, macht Häschenkiller nicht einmal ein leises Piep auf Ihrem Traumprinzenradar.

Was ist der »Klick-Faktor«?

Die traurige Wahrheit ist, dass jede Frau auf dieser Welt wahrscheinlich nur mit einer Handvoll männlicher Wesen von Anfang an und auf der ganzen Linie kompatibel ist.

Kennen Sie das großartige Gefühl, wenn Sie jemanden kennenlernen und es »Klick« macht? Wenn Sie sich auf gleicher Wellenlänge befinden und nicht nur auf einer Ebene? Wenn Sie nach zwanzig Minuten Unterhaltung schon die Sätze des anderen beenden können? Man glaubt, diesem Menschen *alles* erzählen zu können, weil er alles versteht. Für manche Menschen ist eine solche Person ein Seelenverwandter. Ich nenne das Phänomen den »Klick-Faktor«.

Ein Durchschnittsmensch wird dieses Gefühl im Laufe seines Daseins vielleicht bei zehn Personen erleben. Wenn ich zurückdenke und schätze, dass ich bestimmt tausend Männer in meinem Leben getroffen habe, dann hat es höchstens bei sechs von ihnen geklickt. Nur bei sechs! Selbst wenn man die Anzahl auf zehn hinaufsetzen würde, hätte man immer noch einen Schnitt von gerade mal eins zu hundert. Anders formuliert besteht eine Chance von einem Prozent, dass der Kerl, dem man begegnet, wirklich zu einem passt.

Warum also mit jemandem, bei dem es nicht »Klick« macht, eine Sekunde mehr verbringen als nötig? Die Zeit ist knapp; schließlich muss man ja noch so viele Männer treffen, um dem Richtigen zu begegnen.

Um den Mann, bei dem es »klickt«, überhaupt finden zu können, müssen zwei Dinge geschehen. Zuerst müssen Sie wissen, was Sie sich bei einem Partner wünschen. Erstellen Sie – tatsächlich oder mental – eine Liste von Wunscheigenschaften; Sie haben Ihre Erfahrungen gemacht, Sie wissen recht gut, mit welchen Menschen Sie zurechtkommen und wer mit Ihnen auskommt. Zweitens überprüfen Sie den Mann, den Sie kennenlernen, sobald als möglich anhand dieser Liste. Es ist Zeitverschwendung, mit Männern zu reden, die den Klick-Faktor nicht haben – die können Sie besser nutzen, indem Sie sich den nächsten schnappen, und der hat ihn dann vielleicht.

Jede Frau auf dieser Erde hat eine solche Liste, mit der sie bewusst oder unbewusst potenzielle Partner abcheckt. Es ist eine sehr persönliche Liste, die mit jedem Dummkopf, dem man begegnet, einen Eintrag unter »Geht gar nicht« und mit jedem Traummenschen eine Wunscheigenschaft dazuerhalten hat.

Manche Frauen haben sehr, sehr lange Listen. Andere begnügen sich mit relativ wenig.

Als Beispiel meine Liste:
* Darf nicht religiös sein. Ich mag spirituelles Denken, aber keine organisierten Religionen. Obwohl ich schöne Abende mit sehr religiösen Männern verbracht habe, musste ich feststellen, dass es mit meiner Lebenseinstellung nicht zusammengeht. Ich respektiere den Glauben anderer, möchte aber im Alltag damit nicht umgehen.
* Trockener und leicht schräger Humor kommt bei mir gut an.
* Ein offener, neugieriger und toleranter Geist rennt bei mir offene Türen ein.
* Er darf das Leben nicht zu ernst nehmen. Ich möchte Spaß haben und den Augenblick genießen – jetzt und nicht erst in fünf Jahren.
* Intelligenz: Ich stehe auf Kerle, die mir etwas beibringen können.
* Selbstvertrauen ist traumhaft. Unsicherheiten dürfen sein, aber nicht im Übermaß.

* Spaß am Sex und Lust am Ausprobieren.
* Ehrgeiz. Ich habe große, wilde Träume, und ich will jemanden, der mit mir im großen Maßstab träumt.
* Abenteuerlustig und aktiv soll er sein. Ich liebe Sport, ich liebe es, draußen zu sein, und ich liebe das Abenteuer.

Ihre Liste mag länger sein oder kürzer als meine, mag sich detaillierter mit Äußerlichkeiten beschäftigen oder nur den groben Rahmen abstecken. Wichtig ist, dass sie spiegelt, wer Sie sind und mit wem Sie zusammen sein wollen ... und nicht, wen Sie *glauben,* sich als Partner zu wünschen.

Überprüfen Sie, ob es Punkte auf Ihrer Liste gibt, die nicht durch eigene Erfahrung oder Selbsterkenntnis dort gelandet sind (sondern zum Beispiel durch Medien, Ihre Mutter oder Freunde), denn diese Punkte haben häufig gar nichts mit Ihren wahren Bedürfnissen zu tun. Wenn Sie an einen Dating-Kandidaten den falschen Maßstab anlegen, riskieren Sie, jemanden »auszusortieren«, mit dem es möglicherweise Klick gemacht hätte.

Um sich selbst zu vergewissern, dass es sich bei Ihrer Liste um ein Spiegelbild Ihrer Persönlichkeit handelt, stellen Sie sich bitte zu jedem Punkt die Frage: »Was genau ist daran so wichtig für mich?«

Um Ihnen zu demonstrieren, was ich meine, möchte ich Ihnen von einer Bekannten von mir erzählen, Eva. Eva sprach ständig darüber, dass Sie einen Burschen mit einem Doktortitel suchte. Sie lungerte häufig in Uninähe herum und verabredete sich ausschließlich mit Kerlen, die ihren »Titel-Test«

bestanden – mit keinem anderen. Eva stammte aus einer kleinbürgerlichen Familie in einer Gemeinde, in der man Doktortitel praktisch nicht kannte. Instinktiv hoffte sie, mit einem Freund, der einen akademischen Titel besaß, dem Mief und der Engstirnigkeit ihrer Kindheit zu entgehen und endlich ein anderes Leben zu führen. Hätte Eva sich jemals gefragt, was genau an dem Doktortitel denn nun so wichtig für sie war, hätte ihre mentale Unterhaltung mit sich selbst wohl so ausgesehen:

»Ich will einen Mann mit Doktortitel.«

Und was ist mir so wichtig an dem Doktortitel?

»Ich will nicht so leben wie meine Mutter.«

Und warum ist mir das so wichtig?

»Meine Herkunft ist mir peinlich, und ich fürchte, dass ich genauso ende wie meine Mama, wenn ich mir nicht einen Partner suche, der gesellschaftlich über mir steht.«

Zum Schluss hätte Eva also erkannt, was hinter ihrem Titelwunsch steckt – nämlich die Angst, in Kleinbürgerlichkeit zu ersticken. Nun könnte sie sich eine andere Frage stellen, und zwar: »Ist ein Date mit einem Mann mit Doktortitel die einzige Möglichkeit, die Scham über meine Herkunft abzuschütteln?«

Die Antwort ist natürlich ein klares Nein. Es gibt Unmengen an anderen Methoden, dieses Gefühl loszuwerden, und eine sinnvolle ist sicher, zu überlegen, warum sie ihr Selbstwertgefühl an ihrer Herkunft festmacht. Aber was immer sie unternimmt – sie hat herausgefunden, dass die Wunschqualität Doktortitel nichts, aber auch rein gar nichts mit dem Partner, den sie persönlich braucht, zu tun hat, sondern ausschließlich mit ihrer Selbstwahrnehmung. Selbst wenn sie irgendwann einen Herrn Doktor geheiratet hätte, hätte das vermutlich auch nichts am Unbehagen ihrer Herkunft gegenüber geändert.

Stellen wir uns – nur der Argumentation willen – vor, dass Eva den Doktortitel aus vollkommen anderen Gründen will.

»Ich will einen Mann mit Doktortitel.«

Und was ist mir so wichtig an dem Doktortitel?

»Ich will einen Mann, der Grips hat.«

Warum ist das so wichtig für mich?

»Ich will mich mit ihm angeregt unterhalten können und fundierte Meinungen austauschen.«

Hier könnte sie sich natürlich fragen, ob nur Männer mit akademischem Titel intelligent sind und eine große Allgemeinbildung haben, und darauf kommen, dass die Antwort wieder Nein lautet. Es gibt eine Menge Männer, mit denen man ausgesprochen fruchtbare Diskussionen führen kann, weil sie verdammt viel wissen und sehr, sehr scharfsichtig sind.

In beiden Situationen blockiert sich Eva mit ihrem Wunsch nach einem Titel. Wahrscheinlich hat sie schon Hunderte von tollen Kerlen an sich vorbeiziehen lassen, nur weil ihnen der begehrte Namenszusatz fehlte. Hätte sie ihre Liste genau überprüft und sich nach den Gründen für die einzelnen Punkte gefragt, hätte sie sehr viel mehr Dates gehabt oder sogar schon den Mann »mit dem Klick« gefunden.

Lassen Sie sich nicht viele gute Gelegenheiten entgehen, nur weil Sie sich nicht die Mühe gemacht haben, die einzelnen Punkte zu überprüfen. Tun Sie es auch dann, wenn Sie sich im Grunde sicher sind, dass Ihre Liste stimmig ist – man weiß ja nie.

Jemanden einzuschätzen, abzuschätzen und vielleicht sogar auszusortieren ist natürlich kein neues Konzept; im Gespräch mit anderen Menschen tut man es schließlich ständig, wenn auch in den meisten Fällen unbewusst. Aber was Sie vielleicht nicht wissen: Man kann den Mann durchaus schon in der Eröffnung auf den »Klick-Faktor« hin testen.

Dieser Test bedeutet für mich, mich zu vergewissern, dass der potenzielle Traumprinz all die Eigenschaften auf meiner Liste, bei denen ich keine Kompromisse machen möchte, auch wirklich besitzt.

Ich empfehle, den Kandidaten bereits in den ersten dreißig Minuten so gründlich zu überprüfen, wie Sie können.

Wenn Sie gläubig sind und das auch im Alltag ausleben wollen, dann finden Sie am besten direkt am Anfang heraus, ob der Mann Ihrer Wahl dazu ähnlich eingestellt ist oder die Kirche scheut wie der Teufel das Weihwasser. Sollte das der Fall sein, ziehen Sie weiter. Sofern Sie auf Partnersuche sind, ist es reine Zeitverschwendung, mit einem Burschen zu flirten, mit dem eine Partnerschaft überhaupt nicht infrage kommt. (Wenn Sie dagegen einfach nur nette Leute kennenlernen wollen, tun Sie sich bloß keinen Zwang an.) Es ist sehr viel besser, nach zehn Minuten festzustellen, dass der Traumprinz Atheist ist, als erst beim ersten Date zur Hauptspeise.

Wie also gelingt es am besten?

Den potenziellen Kandidaten an der Bar zu verhören, wird Sie nicht weit bringen. Erstens ist ein solches Gespräch alles andere als ungezwungen, und zweitens hat kaum jemand Lust, einer Fremden Rede und Antwort zu stehen. Falls er spürt, dass er möglicherweise aussortiert wird, sobald er das Falsche sagt, wird er auf der Hut sein und vielleicht sehr gereizt reagieren – wer täte das nicht? Schließlich kann er nicht wissen, was für Sie wichtig und was unmöglich ist, und Männer reagieren auf Zurückweisung mindestens genauso empfindlich wie Frauen.

Die beste Methode, ihn auf seine Eignung als Partner zu überprüfen, ist die Vorbereitung verschiedener Gesprächsthemen, die zwar unschuldig klingen, Ihnen aber Hinweise darauf verschaffen, ob er ein potenzieller »Klick«-Kandidat ist.

Stellen wir uns zum Beispiel vor, Sie suchen jemanden, der mit Geld umgehen kann und zumindest genug davon hat, um sich problemlos selbst zu finanzieren. Schließlich haben Sie die Kerle satt, die ständig auf Kosten anderer leben und bei gemeinsamen Unternehmungen seltsamerweise immer ihr Portemonnaie vergessen haben. Mit dem folgenden Gespräch bekommen Sie einen recht guten Eindruck von der Einstellung Ihres Gegenübers zu Geld:

SIE: »Ich finde es erstaunlich, wie gut sich das neue iPhone verkauft. Es kommt mir vor, als ob inzwischen jeder eins hat.«

ER: »Ja, viele meiner Freunde haben tatsächlich schon eins. Ich überlege auch gerade.«

SIE: »Mir scheint, dass die ganze neue Technologie im Augenblick für den einzigen Aufschwung sorgt. Dabei sollte man meinen, dass die Leute aus der Wirtschaftskrise lernen. Meine Aktien haben jedenfalls ganz schön an Wert verloren.«

(Antwort 1)

ER: »Ja, meine auch. Ich rühre im Augenblick nichts an.«

(Antwort 2)

ER: »Oje, du hattest Aktien? Das ist natürlich dumm. Mein Papa hat mit seiner Hypothekengesellschaft so viel Geld gescheffelt, dass er mir die neue Playstation gekauft hat. Damit kann ich jetzt den ganzen Tag spielen. Von der ganzen Anlegerei halte ich eh nix. Man sieht ja, wohin das führt …«

Wenn auf Ihrer Liste Punkte stehen, die Sie unter keinen Umständen streichen wollen, haben Sie Ihre Gründe dafür, und den Kandidaten subtil darauf zu testen, sollte ein Kinderspiel sein. Trotzdem möchte ich noch einmal darauf hinweisen, dass es Ihr Leben stark vereinfacht, wenn Sie im Vorfeld bestimmte Gesprächsthemen vorbereiten, mit denen Sie nicht infrage kommende Kandidaten schnell herausfiltern können. Sie müssen nicht lange nachdenken und können sie immer wieder einsetzen; Ihr potenzieller Traumtyp weiß ja nicht, dass Sie die Themen recyceln.

Wenn Sie regelmäßig auf Partnersuche gehen, ist es sinnvoll, diese Testthemen in die ersten dreißig Minuten der Unterhaltung einzuarbeiten, denn das erspart Ihnen nicht nur

Zeit, sondern auch viele Enttäuschungen. Nach drei Stunden angeregter Unterhaltung nach Hause zu kommen und festzustellen, dass Sie den heißen Typen (der die ganze Zeit über saß) nicht auf Körpergröße gecheckt haben, obwohl ein kleiner Mann für Sie überhaupt nicht in die Tüte kommt, ist mehr als ärgerlich.

Finden Sie heraus, welche Eigenschaften für Sie nicht zur Diskussion stehen, und entwerfen Sie Testfragen, die Sie so früh wie möglich stellen.

Richtig oder falsch? *Sie kommen mit einem Mann ins Gespräch und stellen plötzlich fest, dass Sie beide verschiedene politische Ansichten haben. Der Mann zieht sich (höflich) aus der Unterhaltung zurück und geht. Ist er deswegen ein Mistkerl?*

Antwort: *Keinesfalls. Auch für Männer müssen bestimmte Bereiche in einer Beziehung stimmen. Der Mann in dieser Szene hat offensichtlich Probleme mit Frauen, die eine andere politische Ansicht haben als er. Sehen Sie es positiv. Er hat bereits erkannt, dass es zwischen Ihnen niemals funktionieren könnte, und vergeudet nicht länger Ihre Zeit.*

---

4. KAPITEL

Er (Der Traummann)

Nur hübsch aussehen reicht nicht

Während meiner exzessiven Recherche nach Antworten auf meine Fragen, wie man Männer anspricht und kennenlernt, stieß ich auf jede Menge gut gemeinter, aufbauender Worte, die wahrscheinlich jeder kennt – und jeder hasst:

»Du bist eine tolle, ganz besondere Frau, mit der jeder Mann ausgehen wollen *muss.*« Aha – und wieso konnte Ryan Masters dann mein Selbstvertrauen in seine Atome zerstäuben?

»Denke schöne Dinge, und du bist die schönste Frau weit und breit.« Ich dachte an viele, viele schöne Dinge, als ich den vielen, vielen Kerlen einen Drink ausgeben wollte, aber das machte mich eindeutig nicht einmal zur schönsten Frau in der Bar. Hätte ich sonst derart grandiose Misserfolge erlebt?

Und auch auf diesen Tipp stieß ich mehr als einmal: »Er steht also nicht auf dich? So kannst du seine Meinung ändern.«

Na, wenn uns das nicht alle glücklich macht. Welche Frau hört nicht gern, dass sie die schönste, tollste und großartigste Person ÜBERHAUPT ist, und falls der Mann ihrer Träume das noch nicht bemerkt hat, dann gibt es eine ganz simple Methode, diesen Missstand zu ändern UND dafür zu sorgen, dass er sich Hals über Kopf und unsterblich in sie verliebt.

Zurück auf dem Boden der Tatsachen muss man leider häufig feststellen, dass der Bursche, den Sie im Auge haben, an einer anderen weit mehr interessiert zu sein scheint als an Ihnen oder Sie nicht einmal wahrnimmt, weil Sie ganz und gar nicht seinem Beuteschema entsprechen. Kommt vor, Punkt. Dieser Mann ist kein Depp und auch kein Mistkerl – er steht einfach nicht auf Sie.

Denn selbst wenn die Wahrheit gemein und gnadenlos ist: Auch männliche Wesen haben bestimmte Vorstellungen von einer Partnerin. Wenn Sie nicht sind, was er sucht, wird er weiterziehen (oder Sie nicht einmal bemerken).

Hin und wieder ist es schlicht eine Frage der gegenseitigen Verträglichkeit; wenn Sie schon bei den Grünen waren, bevor Joschka Fischer auch nur ein Gramm zugenommen hatte (um es später wieder abzunehmen), er hingegen Helmut Kohl für den Größten hält, dann kann es wohl kaum mit Ihnen funktionieren.

Manchmal ist aber alles, zumindest was Sie betrifft, wunderschön und stimmig. Sie hören bereits in der Ferne Hochzeitsglocken läuten, als er nach drei Wochen aus heiterem Himmel entscheidet, dass er doch keine Beziehung mit Ihnen führen will. Und Tschüs.

Was ist passiert? Wahrscheinlich hat er inzwischen festgestellt, dass Sie nicht all die Qualitäten besitzen, die er bei einer Frau sucht, oder – umgekehrt – Sie welche haben, mit denen er nicht gut zurechtkommt. Das ist so, und es lässt sich nicht ändern, wie schön es sich für Sie auch angefühlt haben mag.

Und das führt mich zum letzten der drei Elemente, aus denen sich die Erfolgsformel bei der männlichen Bevölkerung zusammensetzt. Die ersten beiden kennen wir schon:

1. **Sorgen Sie für ausreichend Gelegenheiten:** Sie müssen genügend Männer treffen, um dem zu begegnen, bei dem es Klick macht.
2. **Seien Sie sich Ihrer Liste bewusst:** Andernfalls enden Sie wahrscheinlich bei jemandem, den Sie gar nicht wollen.
3. **Bringen Sie genügend Aktivposten mit:** Auch Männer haben Listen.

Es reicht einfach nicht, nur auf den Plan zu treten und hübsch auszusehen, obwohl das in unserer Kultur immer noch ein weitverbreitetes Vorurteil ist. Aber ob wir es wahrhaben wollen oder nicht, auch Männer stellen emotionale Ansprüche, und eine gesunde, erwachsene Beziehung beruht auf Gegenseitigkeit. Beide Parteien haben Bedürfnisse, und wenn die der einen Partei nicht gestillt werden können, dann sucht diese Partei ihre Befriedigung eben anderswo. So einfach ist das. Klingt nachvollziehbar, oder?

Während Sie also den potenziellen Idealmann ansprechen und herauszufinden versuchen, ob er mit Ihrer Persönlichkeit kompatibel ist, tut er genau dasselbe. Anstatt also diese viel zu oft unterschlagene Tatsache zu ignorieren, sollten Sie Ihre Chancen, für Ihren Mr Right die Ms Right zu sein, zu maximieren versuchen.

Nachgefragt: Was finden Männer an Frauen attraktiv?

Als ich einmal mit meiner Freundin Leah unterwegs war und von Bar zu Bar zog, bat ich sie, an diesem Abend meine Methode, die ich in diesem Buch beschreibe, auszuprobieren. Ich erklärte ihr die Grundlagen, und wir unterstützten uns gegenseitig. Problemlos kamen wir mit fünf Gruppen von Männern ins Gespräch. Alle waren uns sehr zugetan, und die Gespräche waren spaßig und sehr locker. Leah war total begeistert, dass es so einfach war. Keiner der Männer kam uns in irgendeiner Hinsicht dumm, und keiner merkte, dass wir sie gezielt angesprochen hatten.

Nachher bat ich sie um ihre Meinung.

»Einfach großartig«, antwortete sie. »Ich hätte nie gedacht, dass man so viele tolle Kerle kennenlernen kann. Ich war überzeugt, dass alle Vollidioten sind. Aber leider nützt mir die Methode in letzter Konsequenz nichts. Ich bin nicht attraktiv genug.«

Meine Reaktion auf ihre Aussage lässt sich in drei Teile gliedern:

1. Bei einer neutralen Annäherung ist sexuelle Anziehungskraft irrelevant.

2. Jungs haben sehr unterschiedliche Ansichten, was attraktiv ist.

3. Man kann die eigene Attraktivität steigern.

Sehen wir uns die Punkte genauer an.

Leah hat eindeutig Sinn und Dynamik einer neutralen Eröffnung missverstanden.

Die Männer, die man anspricht, ahnen nicht, dass man sie sich gezielt ausgesucht hat. Sie haben nicht einmal den Verdacht, man könne sie angraben wollen. Sie denken, sie seien Glückspilze, weil eine witzige, gesellige, selbstbewusste (und nebenbei auch noch appetitliche) Frau sie zufällig angesprochen hat. Jeder freut sich, wenn er sich ein paar Minuten entspannt unterhalten kann.

Ich hatte zum Beispiel einmal ein witziges Gespräch mit ein paar ungefähr achtzig Jahre alten Herren an einer Bushaltestelle. Heißt das, dass ich die alten Männer für scharf hielt und ihnen unbedingt an die Wäsche wollte? Natürlich nicht. Menschen sind gesellige Wesen, und wenn wir die Gelegenheit haben, gut gelaunt zu plaudern, dann tun wir das.

Eine neutrale Eröffnung sorgt dafür, ein solches Gespräch in Gang zu bringen, ohne dass das Alarmsystem des Mannes anspringt. Irgendwann im Laufe der sich anschließenden Unterhaltung kann sich Interesse an dem anderen entwickeln – oder es geschieht eben nicht.

Leahs Missverstehen beruht wahrscheinlich auf der Erfahrung, die sie und andere Frauen generell in Bars machen. Ein Mann kommt auf sie zu und sagt: »Hi, ich bin Brent« oder: »Darf ich dir einen Drink ausgeben?«, und sie ist gezwungen, hier und jetzt eine Entscheidung zu treffen. Wenn sie ihn nicht attraktiv genug findet, er nicht ihr Typ ist oder sie gerade keine

Lust auf einen Flirt hat, wird sie ihn aller Wahrscheinlichkeit nach sofort abservieren.

Warum?

Weil sein simples »Hi« für sie klingt wie »Hi, ich will mit dir ins Bett. Was hältst du davon?« Und ihre Reaktion ist prompte Ablehnung: »Ganz sicher nicht. Bleib mir bloß vom Leib.«

Dadurch, dass der Mann bei dieser Annäherung keinen Hehl aus seinem Interesse macht, verleiht er der Interaktion einen sexuellen Kontext. Wenn sie ihn nicht anziehend findet, werden ihm eher Bockshörner und ein Pferdefuß wachsen, als dass sie ihm ihre Nummer gibt.

Sobald man sich aber jemandem neutral nähert und eine natürliche, ungezwungene Unterhaltung beginnt, indem man zum Beispiel eine Frage stellt, ist die Interaktion nicht im Geringsten sexuell. Natürlich kann sich während des Gesprächs eine sexuelle Anziehungskraft zeigen, aber zu Beginn ist sie kein entscheidender Faktor. Man will von dem Angesprochenen nichts anderes als eine Information, eine Antwort auf eine Frage.

Falls Sie Ihr Zielobjekt angesprochen haben und er unangenehm berührt zu sein scheint, obwohl er eher nicht von der schüchternen Sorte ist, haben Sie Ihre Eröffnung vermutlich nicht besonders geschickt angebracht; vielleicht haben Ihr Tonfall und Ihre Körpersprache ihm verraten, dass Sie doch sexuell interessiert sind, sodass er an eine Anmache glaubt. Noch einmal: Tilgen Sie jede sexuelle Komponente aus der Interaktion. Wenn das vollständig gelingt, sind Sie nur das spaßige, gesellige, nette Mädel, das ihn deshalb angesprochen hat, weil es eine Information brauchte und ihn für kompetent gehalten hat, die Frage zu beantworten.

Also ungeachtet dessen, ob *Sie* sich für attraktiv halten oder nicht – es gibt nichts, was Sie davon abhalten sollte, jedes Mal, wenn Sie auf die Rolle gehen, tonnenweise großartige Gespräche zu führen.

Porno als Beweis: Attraktivität liegt im Auge des Betrachters

Kehren wir zu meiner schönen Freundin Leah und ihrem angeschlagenen Selbstbewusstsein zurück. Selbst wenn ich sie überzeugen kann, dass sie mit dem neutralen Ansatz nicht attraktiv zu sein braucht, um Männer ansprechen zu können, hat sie natürlich etwas anderes gemeint. »Okay, ich lerne also durch deine Methode einen Haufen toller Jungs kennen«, könnte sie einwenden, »nur – was nützt mir das? Ich entspreche nicht dem gesellschaftlichen Schönheitsstandard. Aber genau der ist es doch, den alle Männer wollen, oder? An mir wird keiner ein sexuelles Interesse entwickeln.«

Ich möchte das genauer analysieren, weil sie in ihrer Argumentation einen Riesenfehler macht.

»Ich entspreche nicht dem Standard.« Stimmt. Leah sieht sehr gut aus, aber sie wird wohl nie als Covergirl eines Modemagazins fungieren.

»Alle Männer wollen schöne Frauen.« Das Problem mit dem Wörtchen »schön« ist, dass es vorgeblich etwas sehr Spezifisches bezeichnet. Tatsächlich aber kann die Bedeutung – je nachdem, wer das Wort verwendet – so stark differieren, wie sich Schwarz von Weiß unterscheidet. Modifiziert man die Aussage zu: »Alle Männer wollen die Frau, von der sie sich angezogen fühlen«, stimmt sie dagegen umso mehr. Leah nimmt einfach an, dass alle Kerle wollen, was die Medien, respektive die Gesellschaft, uns als schön verkaufen, aber damit könnte sie nicht weiter daneben liegen.

Sehen Sie sich einmal um, wenn Sie das nächste Mal ausgehen. Man trifft Männer in Begleitung von Frauen jeder Größe, Gestalt und sexueller Signalwirkung. Ich denke, man kann davon ausgehen, dass die Männer sich von den Frauen, mit denen sie unterwegs sind, auch angezogen fühlen – sonst wären sie wohl kaum mit ihnen unterwegs, oder?

»Aber diese Jungs sind nicht besonders toll.«

»Aber vielleicht wollen diese Jungs nur nicht allein sein.«

»Aber vielleicht haben diese Jungs einfach keine Wahl, als sich damit zufriedenzugeben.«

Hey, Moment mal. Wenn man sich im eigenen Bekanntenkreis umsieht, findet man so gut wie immer eine Beziehung, deren Zustandekommen man nicht nachvollziehen kann, die aber eindeutig sehr innig ist. Mir fallen auf Anhieb mindestens zwölf Beziehungen ein, bei denen ein toller Kerl mit einer Frau zusammen ist, die nicht aussieht wie frisch vom Laufsteg gehüpft. Und dennoch ist er offensichtlich verliebt, findet sie überaus anziehend und ist glücklich mit ihr. Wie sollte das möglich sein, wenn Männer tatsächlich nur suchten, was dem (vermeintlichen) Schönheitsideal entspricht?

Zweitens gäbe es keine Pornos ohne die Jungs, die sie sehen wollen. Im Netz finden sich Spezialseiten für große Brüste, kleine Brüste, dünne Damen, mehr als übergewichtige Ladys und alles dazwischen. Die von den Medien propagierte Ansicht, dass Frauen immer und überall wie Supermodels daherkommen müssen, ist absolut lächerlich. Im Netz zeigt sich, dass ein riesiger Pornomarkt für jeden Geschmack existiert, und es gibt zahllose Websites, die nichts, aber auch absolut gar nichts mit allgemein gängigen Schönheitsidealen zu tun haben. Warum sollten Männer sich so etwas ansehen, wenn es sie nicht anturnen würde? Warum sollten sie Geld bezahlen, um sich heiße Videos mit vollkommen durchschnittlichen Mädels herunterzuladen?

Die Wahrheit ist doch, dass die Bandbreite dessen, was Männer sexuell interessant finden, sehr, sehr groß ist. Sexualität ist eben herrliche Vielfalt.

Picken wir uns einfach zufällig drei Jungs heraus. Der eine könnte ein SM-Fan mit einer Vorliebe für Lack und Leder sein, der andere ist vielleicht ein Fußfetischist, und der dritte fährt unglaublich auf Mädels in weißen T-Shirts ab. Man weiß es nicht. Und soweit es Psychologen beurteilen können und die Autorin dieses Buches durch mühevolle, aber spaßige Recherche bestätigen kann, gibt es kein besonderes Muster, nach dem sexuelle Geschmäcker sich entwickeln und ausrichten. Kurz: Man weiß erst dann, auf was der Betreffende steht, wenn man ihn kennenlernt.

Sicher gibt es gewisse »Normen«, denen viele Männer vorbehaltlos zustimmen würden. Es gibt bestimmte Gesichtszüge oder weibliche Formen, die eine größere Fangemeinde haben als andere. Aber zu behaupten, niemand sei sexuell an Ihnen interessiert, ist völliger Unsinn – egal, wie Sie aussehen.

Sobald Sie verstanden haben, dass es da draußen Jungs gibt, die Sie sehr wohl wollen, läuft es im Grunde wieder auf den Fakt hinaus, dass man eben nur genug kennenlernen muss, um darunter die Richtigen zu finden. Wie immer ist es eine Frage der Gelegenheiten, und das ist bei keiner Frau auf dieser Welt anders. Selbst die atemberaubenden Schönheiten, die man im Kino oder auf den teuren Modemagazinen sieht, können nicht erwarten, dass jeder Mann, dem sie begegnen, sich Hals über Kopf in sie verliebt.

Wie ich schon gesagt habe, sind sexuelle Geschmäcker wunderbar verschieden. Es ist natürlich verlockend zu vereinfachen und zum Beispiel zu sagen, Männer mögen bloß Frauen mit kleinen Füßen. Aber wenn dem so wäre, warum gibt es dann Pornoseiten im Netz, die sich ausschließlich Frauen mit riesengroßen Füßen widmen?

Doch auch aus dem männlichen Lager hört man manchmal ähnliche Töne: »Frauen wollen doch nur Typen mit Geld.« Und wieso war ich vergangenes Jahr noch auf einer Hochzeit, bei der weder Braut noch Bräutigam genügend Knete für eine Hochzeitsreise hatten und der erste (und einzige) Gang des Hochzeitsmenüs aus chinesischem Fast Food bestand?

Wenn wir das Leben verallgemeinern und vereinfachen, dann kommen wir natürlich besser damit zurecht – denken wir. Doch es geschieht auf Kosten der Wahrheit und der Vielfalt. Wer immer Sie sind, wie immer Sie aussehen: Es gibt die Männer, die Sie attraktiv finden. Punkt.

Nichtsdestoweniger habe ich es auf mich genommen, ganz zwanglos so viele Männer, wie mit mir zu sprechen gewillt waren, zu interviewen, um ein möglichst wahres (wenn auch sehr allgemeines) Abbild dessen zu bekommen, was Jungs heutzutage attraktiv finden. Bei meiner Recherche habe ich sowohl abgefragt, was ihnen rein körperlich als auch, welche Charaktereigenschaften sie sofort auf die Knie sinken lassen würden.

Ich möchte hier noch darauf hinweisen, dass die Art der Antworten, die ich erhielt, nicht davon abhing, ob die betreffenden Männer attraktiv waren oder nicht oder es vielleicht sogar »nötig hatten«. Ich persönlich fand sie alle lecker und lustig. Und ich sagte ihnen von vornherein, dass ich für ein Buch recherchiere (was übrigens eine großartige Eröffnung abgibt!), sodass sie ja nicht auf die Idee kommen konnten, ich wolle sie damit nur anmachen.

Die Antworten variierten allerdings so stark, dass ich leider nicht alle nennen kann. Im Folgenden habe ich mich bemüht, sie so gut wie möglich zusammenzufassen.

Das Äußere

* **Es gibt nichts, auf das sie nicht stehen:** Hier waren die Antworten derart unterschiedlich, dass ich es nur folgendermaßen umreißen kann:
Mit der Ausnahme von wenigen Männern, die umfangreichere oder eher dürre Frauen mochten, stehen Männer im Allgemeinen am ehesten auf Mädels, die fit und gesund und in recht guter Form sind.

Persönlichkeit

* **Ihre Intelligenz muss zu seiner passen:** Es gab Ausnahmen, aber offenbar fühlen sich die meisten Männer von Frauen angezogen, die in etwa so schlau sind wie sie selbst. Zu kluge Frauen geben ihnen das Gefühl, minderwertig zu sein. Wirken die Frauen dagegen weniger intelligent, fiele es, so sagte man mir, schwerer, eine gemeinsame Basis zu finden.

* **Ein großes Herz:** Herzlichkeit und Großzügigkeit wurden sehr häufig als äußerst positiv erwähnt. Egoistisches, biestiges und schnippisches Verhalten stößt dagegen sehr schnell ab.
* **Humor:** der Klassiker. Das Talent, viel zu lachen und den anderen zum Lachen zu bringen, ist immer und überall heiß begehrt.
* **Selbstvertrauen:** Männer ziehen eine zuversichtliche, selbstbewusste Frau in der Regel denen vor, die es nicht sind.
* **Ähnliche Einstellungen, ähnliche Interessen:** Männer haben es gern, wenn man auch bei den Aktivitäten und Hobbys auf gleicher Wellenlänge liegt. Einige Ausnahmen sagten, sie fänden es auch okay, wenn die Frau ganz andere Interessen hätte, hätten es aber bisher noch nicht ausprobiert.
* **Kein Ballast:** »Sie sollte bereits wissen, was sie will« war ein Satz, den ich oft zu hören bekam. Nicht verarbeiteter emotionaler Ballast aus früheren Beziehungen ist hingegen nicht besonders attraktiv.

Nach diesem interessanten Ausflug in die Welt der männlichen Wünsche, was ihre Dating-Vorlieben anbelangt, stellte ich die Frage, was nun wichtiger sei – Äußerlichkeiten oder Persönlichkeit.

Die Antwort? Wieder war das von Mann zu Mann unterschiedlich. Wenn ich schätzen müsste, würde ich sagen, dass ungefähr siebzig Prozent der Männer zuerst von der idealen

Persönlichkeit sprachen. Neunzig Prozent erwähnten sowohl Äußerlichkeiten als auch Persönlichkeitsstrukturen als wichtig.

Was fangen wir nun an mit den Ergebnissen meiner kleinen Recherche? Was können wir tun, um unsere Chancen zu erhöhen, als attraktiv eingestuft zu werden?

Im Bereich Aussehen wünschen Männer sich offensichtlich den gesunden, fitten Typ Frau, und wir sind uns wohl alle einig, dass ein Lebensstil, der ein solches Aussehen bewirkt, ohnehin der bessere und daher vorzuziehen ist. Da dies aber ein Dating- und kein Fitness-Ratgeber ist, werde ich mich dazu nicht näher äußern. Es gibt Unmengen an guten Zeitschriften, Büchern, Websites und TV-Formaten, die sich alle ganz explizit damit beschäftigen, wie man sich in Form bringt und sich richtig ernährt.

Auf der Persönlichkeitsebene ist jede von uns ganz anders und einzigartig, und genau das macht uns so großartig. Basta.

Andererseits ist das Tolle an uns Menschen, dass wir Gedanken und Erfahrungen, die uns weiterbringen, aufgreifen können, ohne aufgeben zu müssen, was die Essenz unserer Persönlichkeit ausmacht. Wir können selbst entscheiden, wer und wie wir sein wollen, und aus den Ideen und Anregungen auswählen, die uns dorthin führen.

Die eigene Attraktivität steigert man vor allem dadurch, dass man sich ins Leben hinauswagt und es sich so großartig wie möglich einrichtet. Lernen Sie Neues, machen Sie Erfahrungen, erweitern Sie Ihren Horizont. Lernen Sie sich selbst so gut wie möglich kennen und erforschen Sie die Träume und

Wünsche, die vielleicht tief in Ihrem Inneren vergraben sind. Erleben Sie so viel Schönes und Staunenswertes, wie Sie können.

Richtig oder falsch? *Da hinten steht ein süßer Typ, der Sie die ganze Zeit beobachtet. Wenn er mit Ihnen reden will, kommt er herüber. Wenn nicht, dann nicht.*

Antwort: *Falsch.*

Immer wenn ich mit männlichen Bekannten unterwegs bin und eine Bar betrete, schauen sie sich meistens als Erstes um, ob irgendwelche attraktiven Frauen anwesend sind. Sobald sie welche ausgemacht haben, läuft ihnen zwar den ganzen Abend das Wasser im Mund zusammen, aber sie nähern sich ihnen nie. Warum nicht? Weil sie Muffensausen haben. Es sind großartige, tolle, gut aussehende Kerle – ich würde für jeden sofort meine Hand ins Feuer legen –, aber sie haben eine schlechte Erfahrung zu viel gemacht und trauen sich nun nicht mehr. Und obwohl es natürlich möglich ist, dass er Sie nur deshalb nicht anspricht, weil er nichts von Ihnen will, lautet die wahrscheinlichste Erklärung, dass ihm einfach der Mumm dazu fehlt.

5. KAPITEL

Das ganze Paket

Hier nun eine ganze Interaktion von vorne bis hinten, damit Sie sehen, wie alles zusammenspielt.

Sie sitzen mit Freunden an einem Tisch in einer Bar. Ein von Ihnen als heiß eingestufter Kandidat befindet sich mit seinem Kumpel am Tresen. Die beiden unterhalten sich. Ohne den Auserwählten anzusehen, nähern Sie sich, stellen sich ganz zufällig neben die beiden an die Theke und warten, dass der Barkeeper zu Ihnen kommt. Nach einem kurzen Moment Pause sprechen Sie den süßen Typ und seinen Kumpel freundlich, aber leicht entnervt an:

SIE: »Sagt mal, Jungs, könnt ihr mir was erklären? Es ist immer dasselbe, aber heute ist es mir besonders aufgefallen. Vorhin im Fitnessstudio war wieder so ein Typ, der bei jeder Anstrengung gegrunzt hat. Und zwar so laut, dass es quer durch den Raum zu hören war. Wieso tun Jungs das? Frauen tun es doch auch nicht, also gibt es theoretisch keinen biologischen Grund dazu, oder?«

AUSERWÄHLTER: (grinst) »Stimmt. Ein Haufen Jungs grunzen, wenn sie Gewichte stemmen.«

KUMPEL: (lacht) »Absolut. So was macht man eben.«

SIE: (mit wachsendem Entsetzen) »Ihr wollte mir doch nicht erzählen, dass ihr auch Grunzer seid?«

AUSERWÄHLTER: »Aber nie und nimmer. Na ja, okay ... vielleicht manchmal. Wenn ich mir wirklich viel draufgepackt habe.«

KUMPEL: »Also ich immer. Echte Männer müssen so was tun.« (Wendet sich an den Auserwählten) »Hey – Julie ist gerade gekommen. Wir sehen uns später.« (Lächelt Sie an und geht.)

SIE: »Das musste ja so kommen. Ich bin von Grunzern umzingelt. Ich kann kaum glauben, dass ich mit welchen gesprochen habe!«

AUSERWÄHLTER: (lacht) »Schon gut, so oft tu ich es auch nicht. Außerdem sind Frauen gar nicht besser. Denk nur mal an Tennis: Da hört man viele Frauen ächzen. Manchmal hört es sich auch eher wie ein Quieken an, aber es kann trotzdem ganz schön laut sein.«

SIE: »Na ja, das stimmt ... aber der Kerl heute war echt extrem laut. Das klang wie ›JJJJ-AAAAAH!‹ Gruselig. Was für Geräusche machst du denn so?«

AUSERWÄHLTER: »Auf jeden Fall bin ich nicht so laut. ›Hnnnggnnn‹ oder so ähnlich.«

SIE: »Na ja, ich weiß nicht so recht. Wahrscheinlich sollte ich mich von dir fernhalten. Wo trainierst du denn?«

AUSERWÄHLTER: »Im Rickys beim Bahnhof. Und du?«

SIE: »Ich bin in dem 24-Stunden-Studio am Kleisterplatz. Die Kardioabteilung ist ziemlich gut, und ich trainiere hauptsächlich Herz-Kreislauf und Ausdauer.«

AUSERWÄHLTER: »Wo wir gerade beim Thema sind – ist das nicht immer wieder ein merkwürdiges Gefühl, wenn man eine halbe Stunde auf dem Laufband war und dann wieder festen Boden betritt? Ich werde mich nie daran gewöhnen.«

SIE: »Ich auch nicht. Ich gebärde mich anschließend immer wie eine Grobmotorikerin und muss eine Weile einfach nur nutzlos herumstehen, um niemanden umzurennen.«

AUSERWÄHLTER: »Trainierst du auf ein bestimmtes Ziel hin oder einfach nur zur allgemeinen Fitness?«

SIE: »Ich habe Anfang des Jahres bei einem Triathlon mitgemacht, und obwohl ich viel zu wenig Zeit habe, um dieses Trainingsniveau beizubehalten, möchte ich mir wenigstens einen gewissen Grad an Fitness erhalten.«

AUSERWÄHLTER: »Aha? Und warum hast du jetzt viel zu wenig Zeit?«

Unterbrechen wir hier kurz, um das Gespräch etwas näher zu beleuchten.

Sie haben mit einer neutralen Eröffnung angefangen und vorher oder währenddessen keinerlei Hinweise auf sexuelles Interesse an einem der beiden gezeigt. Tonfall, Körpersprache und Wortwahl passen zu jemandem, der sich gerade an etwas erinnert, was ihm ein paar Stunden zuvor im Fitnessstudio passiert ist, und der sich als geselliger Mensch den Nächstbesten zuwendet, um sie nach ihrer Meinung zu fragen.

Der Auserwählte und sein Kumpel sind amüsiert darüber, dass eine Frau sich über männliches Grunzverhalten wundert. Sie gehen davon aus, dass sich hier ein lockeres, witziges Gespräch entwickeln kann und reagieren gern.

Der Kumpel sieht eine Bekannte hereinkommen und verabschiedet sich vorübergehend. Möglicherweise hat er bemerkt, dass Sie und der Auserwählte auf gleicher Wellenlänge liegen, möglicherweise will er sich wirklich mit Julie unterhalten, jedenfalls lässt er Sie beide allein, was Ihnen natürlich gelegen kommt.

Sie fangen an, den Auserwählten ein wenig zu necken; die Unterhaltung bleibt locker und lustig. Noch immer kann er Sie nicht ernsthaft verdächtigen, ihn angraben zu wollen. Es scheint eher, dass Sie sich mit Ihren Bemerkungen über das sportliche Grunzen über Jungs im Allgemeinen lustig machen.

Ihm gefällt die Neckerei, und er erwidert sie, wenn auch sehr sanft und gemäßigt.

Punkten werden Sie auch für die Selbstironie, die genau das richtige Maß hat, um lustig zu sein. Hätten Sie die Bemerkung über Ihr Verhalten nach dem Laufen auf dem Band weiter ausgebaut oder in einem negativeren Satzzusammenhang genannt, hätte er ein recht deutliches Bild von Ihnen als Grobmotorikerin entwickelt. Außerdem hätte er begonnen, an Ihrem Selbstbewusstsein zu zweifeln, was Ihre Attraktivität geschmälert hätte. Stattdessen aber haben Sie über sich selbst gelacht, was wiederum Ihren Sinn für Humor unterstreicht.

Inzwischen werden Sie sicher schon spüren, dass Sie ganz gut miteinander auskommen. Keiner von Ihnen hat etwas gesagt, das dem anderen unangenehm ist oder eine gewisse Bedürftigkeit verraten hätte. Sie beide wirken wie normale Erwachsene, Sie haben einander zum Lachen gebracht, und Sie haben festgestellt, dass Sie beide Sport mögen. An dieser Stelle ist es völlig normal und natürlich, in die Phase des Kennenlernens überzugehen, um weitere Gemeinsamkeiten zu entdecken.

Die scheinbar unschuldige Frage Ihres Gegenübers nach Ihrem Trainingsziel könnte bereits eine Testfrage sein, mit der er Sie auf seine Auswahlkriterien hin überprüft. Vielleicht sucht er eine Frau, mit der er laufen oder Tennis spielen kann. Die Erwähnung von Triathlon hat Ihnen möglicherweise einen Pluspunkt eingebracht, weil Sie damit gezeigt haben, wie aktiv Sie sind.

Okay, machen wir weiter:

SIE: »Ich habe mich gerade erst selbstständig gemacht. Ich entwerfe eine Modelinie für Frauen. Kleider. Es ist zwar höllisch viel Arbeit, aber toll, weil ich mir damit einen Traum erfülle. Ich habe dafür ein bisschen Geld gespart.«

AUSERWÄHLTER: (lächelt) »Wow, das ist ja toll! Ich finde es großartig, wenn man es wagt, seine Träume zu verwirklichen. Wie läuft es denn bisher?«

SIE: »Ich habe die Kleider schon entworfen und jetzt damit angefangen, einzelne Muster anzufertigen. Ich habe natürlich noch einiges vor mir, bin aber ziemlich zufrieden mit dem, was ich bisher erreicht habe. Und du? Was machst du?«

AUSERWÄHLTER: »Ich arbeite für eine PR-Firma. Wir helfen unseren Kunden bei der Öffentlichkeitsarbeit.«

SIE: »Oh, wirklich? Und machst du das gerne?«

AUSERWÄHLTER: »Absolut. Ich muss Strategien entwickeln, wie man die Botschaft eines anderen am besten in die Welt hinausträgt. Das gefällt mir besonders gut, wenn es um ein Produkt geht, hinter dem ich voll stehen kann.«

Obwohl Sie schön subtil vorgegangen sind, haben Sie ihn bereits auf bestimmte Dinge hin überprüft, nämlich ob er nur ein süßer Kerl in einer Bar ist oder ob er auch Ehrgeiz und Leidenschaft besitzt. Sie haben zuerst erwähnt, dass Sie wenig Zeit haben und somit die Frage provoziert, die er dann auch gestellt hat: »Warum hast du so wenig Zeit?«

Dies gibt Ihnen die Möglichkeit, über berufliche Dinge zu reden. Männer werden genauso ungern ausgefragt wie Frauen, aber wenn Sie selbst bereitwillig Auskunft über Ihren Job gegeben haben, dann tut er es auch gern.

Ihre Frage »Machst du das gerne?« eignet sich hervorragend als unschuldig klingende Testfrage. Sie erfahren, ob er mit seiner Arbeit glücklich ist, aber auch, was ihn motiviert oder antreibt. Zurück zur Bar.

SIE: »Hey – spielst du gerne Billard?«
AUSERWÄHLTER: »Ja, und das gar nicht mal so schlecht, wie man munkelt. Wieso – hast du Lust?«
SIE: »Unbedingt. Auf geht's. Allerdings nur, wenn du dich traust, gegen eine Meisterin zu spielen.«

Auch das war ein Test.

Was steckt dahinter?

Nun, falls der Mann saß, als Sie ihn angesprochen haben, und für Sie die Körpergröße eine Rolle spielt, dann ist es sinnvoll, ihn zum Aufstehen zu bringen. Manche Leute finden ein solches Vorgehen hinterhältig, weil sich eine Beziehung, wie sie argumentieren, natürlich entwickeln sollte, aber – sehen wir den Tatsachen doch bitte ins Auge. Jeder überprüft und sortiert aus. Ich kann nur raten, das zu tun, so früh es geht, damit man keine Zeit vergeudet. Was hätten Sie beide gewonnen, wenn Sie erst beim ersten Date feststellen, dass er Ihnen nur bis zum Kinn reicht und daher ohnehin nicht als potenzieller Partner infrage kommt?

Es versteht sich von selbst, dass die Partie Billard prima verläuft und Sie anfangen, diesen Burschen zu mögen.

Jetzt haben Sie die Wahl.

Entweder verbringen Sie den Abend mit diesem Traumtypen, oder Sie verabreden sich mit ihm, legen also das erste Date fest. Man hört immer wieder den Rat, einen netten Abend vorzeitig abzubrechen und sich rarzumachen, aber ich meine, dieser Rat stammt hauptsächlich von Frauen, die zu begreifen versuchen, warum das eine Date, das sie in diesem Monat hatten, so schiefgelaufen ist – sprich: warum der Bursche mit ihnen im Bett war und dann nie wieder angerufen hat. Frauen, die so etwas erlebt haben, fragen sich meistens: Habe ich es ihm zu leicht gemacht? Habe ich zu früh angerufen? Hätte ich bis zum dritten Date warten müssen? Warum nur höre ich nichts mehr von ihm?

Die Wahrheit ist, dass er wahrscheinlich nicht anruft, weil er die betreffende Frau zwar attraktiv genug fand, um einmal mit ihr ins Bett zu gehen, darüber hinaus aber kein ernsteres Interesse an ihr hat. Das zumindest ist die Essenz meiner Interviews mit vielen Männern. Mit Stutenbissigkeit hat das nichts zu tun.

Wenn ein Mann Sie mag und mehr Zeit mit Ihnen verbringen will, spielt es im Grunde keine Rolle, ob Sie sich rarmachen oder nicht. Er wird in jedem Fall versuchen, sich mit Ihnen zu verabreden. Wenn er allerdings vermutet, dass Sie ihn unnötig hinhalten, könnte ihn das so ärgern, dass er Sie doch lieber aufgibt.

In unserem Szenario entscheiden Sie, dass Sie sich lieber ein andermal wiedertreffen wollen, weil Sie schließlich mit

Freunden gekommen sind und diese nun die Bar wechseln wollen.

SIE: »Sieht aus, als wollten meine Freunde weiter. Ich muss dann mal los.«

AUSERWÄHLTER: »Schade, aber okay. Es war echt nett mit dir. Lass uns doch mal telefonieren.«

SIE: »Ähm ... ich hab's nicht so mit dem Telefonieren. Aber wie sieht's denn so bei dir nächste Woche mit einem Treffen aus?«

AUSERWÄHLTER: »Hm, mal überlegen. Morgen geht nicht, aber Donnerstag könnte ich. Und du?«

SIE: »Donnerstag klingt gut.«

AUSERWÄHLTER: »Wie wär's denn, wenn wir zu diesem Sushi-Laden gingen, von dem ich dir erzählt habe?«

SIE: »Gerne. Wann denn?«

AUSERWÄHLTER: »Acht?«

SIE: »Okay. Sollen wir für alle Fälle Telefonnummern austauschen?«

AUSERWÄHLTER: »Gute Idee.«

SIE: »Fein. Wenn du nichts von mir hörst, sehen wir uns Donnerstag um acht in dem Laden, okay?«

AUSERWÄHLTER: »Super. Ich freu mich drauf.«

SIE: »Ich auch. Mach's gut.«

Damit haben Sie auch die Klippe des lästigen Telefonspielchens clever umschifft und können mit Ihrem Auserwählten ein paar Tage später die Kennenlernphase fortsetzen. Wenn er aus irgendeinem Grund doch nicht kann, wird er anrufen. Aber in Anbetracht der positiven Reaktion, die zu spüren war, ist es sehr unwahrscheinlich, dass er absagt.

Das ganze Treffen hat vermutlich nicht mehr als dreißig Minuten gedauert (wenn man das Billardspiel abzieht). Sie können das durchaus fünfmal am Abend tun. Und wenn Sie fünf Männer kennenlernen, die es wert sind, dass Sie sich näher mit Ihnen beschäftigen, dann hat Ihnen ein einziger schöner Abend eine Woche voller Dates beschert.

Gedanken zum Schluss

Ich glaube, dass Frauen im Allgemeinen irrigen Ansichten aufsitzen. Deshalb habe ich dieses Buch geschrieben. Wir werden von Ratschlägen geleitet, die unbewusst auf der falschen Annahme basieren, dass anständige Männer schwer zu finden sind. Und sollte einer der »Guten« in unser Leben treten, müssen wir alles geben, um ihn nicht wieder in die Flucht zu schlagen.

Auweia. Wenn das kein Druck ist.

Zum Glück stimmt das einfach nicht.

Wie wir gesehen haben, müssen drei Dinge zusammenspielen, wenn Sie Ihr ganz persönliches Dating-Glück schmieden:

1. Schaffen Sie ausreichend Gelegenheiten.

Dating ist ein Zahlenspiel. Je mehr Männer Sie kennenlernen, umso größer ist die Chance, dass Sie den Richtigen (den »Guten«) treffen. Diese Erkenntnis ist nicht neu. Sie gehört zum Einmaleins des Datings, seit Männlein und Weiblein sich sexuell füreinander interessieren. Neu dagegen ist, dass wir Frauen nun eine narrensichere Methode haben, die Kerle anzusprechen, die wir ansprechen wollen. Wir müssen nicht mehr ausharren und warten, bis sie zu uns kommen, oder darauf hoffen, dass wir per Zufall mal an den Richtigen geraten.

Mit dem Wissen, dass ich Ihnen in diesem Buch vermittelt habe, ist es problemlos möglich, zehn Männer pro Abend anzusprechen. Gehen Sie dreimal die Woche aus, und Sie haben dreißig. Wenn man die Formel zugrunde legt, dass einer von hundert den »Klick-Faktor« mitbringt, dann sollten Sie grob geschätzt einmal im Monat ein wirklich aufregendes Date genießen können.

2. Machen Sie sich klar, was für einen Mann Sie suchen.

Verschwenden Sie keine Zeit an Männer, die Sie gar nicht wollen. Überprüfen Sie potenzielle Traummänner anhand Ihrer ganz privaten Liste. Dreißig neue Männer pro Woche kennenzulernen, nützt Ihnen überhaupt nichts, wenn Sie selbst nicht wissen, was Ihr Partner haben muss und was Sie unter gar keinen Umständen tolerieren können.

3. Bringen Sie genügend Aktivposten mit.

Einmal war ich mit meiner Freundin Ella auf einer Party. Sie trug ein Flanellhemd über einem sexy Tanktop, dazu Jeans. Ella war kein Girly und kümmerte sich selten um Modetrends, und doch sah sie, egal, was sie trug, immer umwerfend aus. Alle anderen auf dieser Party trugen knappe und sehr aufreizende Garderobe. Zwei Mädels machten sich über Ellas Outfit lustig, und nach einer besonders fiesen Bemerkung fragte ich Ella, ob es sie nicht ärgerte, wenn man so über sie sprach.

Sie gab mir eine Antwort, die ich mein ganzes Leben lang nicht vergessen werde:

»Sam, es spielt keine Rolle, was du trägst. Es spielt keine Rolle, wie du aussiehst. Wichtig ist allein, dass du dazu stehst. Wenn dein Outfit ganz du ist und du ebenfalls ganz du bist, dann bist du der attraktivste Mensch im Raum.«

Übersetzt heißt das: Solange man Vertrauen in sich selbst hat, ist es egal, was man trägt. Das Selbstvertrauen schimmert durch, und man ist auch dann noch sexy, wenn man in einem Kartoffelsack steckt. Ich eignete mir ihre Philosophie an, und als meine Haare das nächste Mal nicht so wollten wie ich oder mir meine Schuhe irgendwie unpassend vorkamen, beschloss ich, einfach dazu zu stehen. Und glauben Sie es oder nicht – schon bald fühlte ich mich verdammt wohl in meiner Haut.

Das alles heißt eigentlich nichts anderes, als dass tatsächlich die viel gepriesenen »inneren Werte« zählen. Wichtig ist, was ich mitbringe. Mein Selbstvertrauen ist das aufregendste Accessoire, das ich besitze. Was immer es ist, was Sie ausmacht – stehen Sie dazu! Seien Sie stolz. Wenn Sie an sich selbst glauben, anstatt sich so zu geben, wie andere sie angeblich sehen wollen, wenn Sie Ihr wahres Ich durchblitzen lassen, anstatt es hinter einer Fassade zu verstecken, dann ist das mehr als genug und aufregender als jedes bauchfreie, knappe Top.

Kombinieren Sie all das Gesagte, und Sie haben eine narrensichere Methode, mit der Sie jeden Mann jederzeit überall ansprechen können.

Mehr braucht es nicht. Worauf warten Sie noch?

1. Häufig gestellte Fragen

Die folgenden Fragen bekam ich entweder per E-Mail, oder sie stammen von den Frauen, mit denen ich meine Methoden besprochen habe. Ich habe hier die aufgelistet, die am häufigsten auftauchten.

Soll ich Augenkontakt herstellen, bevor ich mich dem Mann nähere?

Unter keinen Umständen. Augenkontakt herstellen heißt Flirtbereitschaft bekunden, und das heißt wiederum, »Ich bin an dir interessiert.« Sich »zufällig« in seine Nähe zu begeben, ist nicht mehr möglich, wenn Sie vorher schon Kontakt aufgenommen haben; er weiß dann ganz genau, dass Sie nicht einfach nur so neben ihm an der Bar auftauchen.

Falls *er* Sie vorher bemerkt und Augenkontakt zu Ihnen aufnehmen will, umso besser, aber – seien Sie stark! Verraten Sie ihm durch nichts, dass Sie ihm näherkommen wollen, bis Sie Ihr Programm abgespult haben.

Ihn allerdings verstohlen zu mustern, um sicherzugehen, dass er wirklich so appetitlich ist, wie Sie denken, ist völlig okay.

Kann ich diese Methode auch allein anwenden?

Klar! Natürlich sind einige der Eröffnungen, die ich hier beschreibe, so ausgelegt, dass Sie jemanden bei sich haben müssen, aber generell lassen sich alle so anpassen, dass es auch allein bestens funktioniert. Statt zu behaupten, Sie hätten gerade mit Ihrer Freundin über ein bestimmtes Thema diskutiert, können Sie ebenso gut mit ihr telefoniert haben.

Im Übrigen kenne ich viele Frauen, die lieber ohne Begleitung Männer ansprechen. Ich persönlich empfinde es als spaßige Abwechslung zu den üblichen Mädelsabenden und genieße die Unabhängigkeit; ich kann beliebig umherwandern und stehen bleiben, wo immer ich will. Außerdem habe ich nicht immer ein latent schlechtes Gewissen, weil ich mich insgeheim frage, ob meine Freundin auch wirklich Spaß daran hat, sich mit dem Kumpel meines Auserwählten zu unterhalten.

Falls Sie also einen freien Dienstagabend haben, aber keine Ihrer Freundinnen mit Ihnen ausgehen will, dann begeben Sie sich allein auf die Piste. Wenn jemand fragt, sagen Sie einfach, Ihre Freunde seien »auf dem Weg.« Wer soll das schon überprüfen?

Funktioniert es nur in Bars oder überall?

Ich verlege meine Szenarien gerne in Bars oder Clubs, weil sich dort so leicht Leute kennenlernen lassen. Sie können mit Freundinnen ausgehen, Spaß haben UND tolle Kerle kennenlernen. Ist es Freitag- oder Samstagabend, stehen die Chancen gut, dass die betreffenden Männer ungebunden sind. Außerdem hat es niemand eilig, wieder zu gehen, weil man ja hier ist, um sich unters Volk zu mischen.

Dennoch sind Bars nicht jedermanns Sache. Und das ist ganz okay so. Meine Methode lässt sich überall anwenden: In Buchläden, Cafés, am Strand, auf dem Golfplatz, im Park ...

Ich bin gestern/neulich/eben auf einen süßen Typen zugegangen und habe ihn mit einer von den Eröffnungen in diesem Buch angesprochen, aber es lief nicht rund. Was habe ich falsch gemacht?

Wenn Sie einfach »auf ihn zugegangen« sind, dann war es vielleicht zu deutlich, und Sie müssen noch ein wenig üben, sich unauffällig zu nähern. Draufloszumarschieren verrät Ihr Interesse an ihm, und das Gespräch beginnt nicht mehr auf neutraler Ebene; wenn Sie dann die Eröffnung anbringen, fühlen sich beide nicht mehr wohl in Ihrer Haut. Üben Sie die unauffällige Annäherung. An einer Bar können Sie sich einen Drink besorgen, in einem Restaurant die Toilette aufsuchen, und in einem Café setzt man sich vielleicht mit der Zeitung auf den Platz neben den Mann, mit dem man reden will. Auf der Straße (oder in einem Einkaufszentrum oder anderswo) kann man jemanden durchaus anhalten, um die Eröffnung anzubringen, aber man sollte sich zumindest in unmittelbarer Nähe befinden.

Ich stehe auf den Freund meines Kollegen. Wir sind uns ein-, zweimal begegnet, aber er ist immer sehr still. Wie soll ich ein Gespräch mit ihm anfangen? Ich kenne ihn ja bereits, und Ihre Methode bezieht sich nur auf Fremde.

Der Unterschied ist gar nicht so groß, wie man vielleicht meint. Natürlich sind viele meiner Eröffnungen auf den Gesprächsbeginn mit einem Fremden ausgelegt, aber einige Beispielsätze aus der Kategorie »Ich habe eine Frage, auf die ich dringend eine Antwort brauche« lassen sich ganz hervorragend auch auf bereits bekannte Traummänner anwenden. Schauen Sie es sich an:

SIE: »Hi, wir sind uns schon mal begegnet. Du bist der Freund von [Name des Kollegen], richtig?«

ER: »Ja. Und du bist [Name], oder?«

SIE: »Jep. Sag mal, darf ich dich was fragen? Ich habe eben mit einer Freundin telefoniert, und wir beide wissen nicht weiter. Sie hatte letzte Woche ein tolles Date mit einer neuen Bekanntschaft. Heute hat er angerufen und ihr eine Nachricht auf dem AB hinterlassen: ›War schön, bis ir-

	gendwann mal wieder!‹ Was heißt das in Männersprache? Sollte sie ihn zurückrufen?«
ER:	»Tja, das klingt nicht so, als wolle er sie unbedingt wiedersehen. Falls ja, hätte er versucht, noch ein Date auszumachen.«
SIE:	»Hm. Meinst du, sie sollte nachhaken?«
ER:	»Kann sie ... solange sie sich bewusst ist, dass er vielleicht einfach nicht auf sie steht. Du klingst so zweifelnd – findest du, sie sollte es tun?«

Nun läuft die Unterhaltung. Es hat sich ein Gespräch entwickelt, bei dem man leicht in andere Themen abdriften kann.

Ich habe mir eine Eröffnung ausgedacht, aber es hat nicht funktioniert. Ich habe gesagt: »Hi, kann ich dich nach deiner Meinung zu einer Sache fragen? Was hältst du von Sheryl Crow?«

Das ist beinahe eine gute Eröffnung, sie hat nur einen Haken: Warum wollen Sie wissen, was er von Sheryl Crow hält?

Der Subtext, also die verborgene Botschaft Ihrer Eröffnung, heißt: »Du siehst aus wie jemand, den ich kennenlernen will. Meine erste Testfrage lautet, ob du Sheryl Crow auch magst.« Jemanden um seine Meinung zu fragen, ist nicht per se neutral. Neutral fühlt sich die Frage dann an, wenn Sie dem Traumtypen einen anderen Grund nennen, warum seine Meinung für

Sie wichtig ist – einen Grund, der nichts mit seiner Person zu tun hat. So wird aus der Frage eine funktionierende Eröffnung:

> »Hey, darf ich dich mal nach deiner Meinung fragen? Meine Freundinnen und ich haben uns über Sheryl Crow unterhalten. Eine meinte, ihr Jungs würdet nicht auf ihre Musik stehen. Aber das ist doch Quatsch, oder? Kannst du mir dabei helfen, sie vom Gegenteil zu überzeugen?«

Nun wollen Sie seine Meinung, damit Sie damit bei einer Streitfrage weiterkommen. Sie fragen ihn *nicht,* weil Sie Gefallen an ihm gefunden haben und ihn kennenlernen wollen. Kleiner Unterschied, große Wirkung.

Und was, wenn ich ihn nicht mag?

Kommt vor. Sie nähern sich ihm weit genug, um ihn genau zu mustern, und stellen fest, dass er längst nicht so attraktiv ist, wie Sie gedacht haben. Oder er sagt etwas, dass Sie innerlich zusammenzucken lässt, und Sie wissen recht bald, dass er garantiert keiner ist, mit dem Sie sich verabreden wollen. Wenn das der Fall ist, steigen Sie so schnell wie möglich aus der Unterhaltung aus. Sagen Sie einfach fröhlich: »Vielen Dank für deine Hilfe (oder was auch immer zu Ihrer Eröffnung passt), es war echt nett, mit dir zu plaudern. Bis dann!« Treten Sie den Rückzug an. Denken Sie nicht mehr drüber nach. Nicht jeder, den Sie treffen, kann Mr Right sein.

Ich habe mir eine Poker-Eröffnung ausgedacht, und sie klingt kaum anders als deine: »Meine Freundin und ich können uns einfach nicht einigen, was nun stimmt: Schlägt ein Flush eine Große Straße, oder ist es genau umgekehrt?« Trotzdem will sie einfach nicht funktionieren. Was mache ich denn falsch?

Diese Eröffnung könnte zu gebrauchen sein, wenn Sie etwas haben, womit Sie nachfassen können. Andernfalls sagt der Mann nur: »Flush schlägt Straight« oder »Keine Ahnung«, und das war's dann. Mit einem starken Anschluss könnte es klappen.

Allerdings ist das wahre Problem, dass Ihre Frage keine echte Meinung erfordert; entweder kennt der Bursche die Antwort, oder er kennt sie nicht. Besser sind Eröffnungen, die individuelle Ansichten abfragen, denn daraus lassen sich leichter Gespräche entwickeln. Außerdem bietet ein solches Gespräch mehr Ansätze, um Späße zu machen oder den anderen ein wenig aufzuziehen.

Mir fallen keine Eröffnungen ein – irgendwie will es einfach nicht klappen. Was kann ich tun?

Wenn man sich eigene Eröffnungen ausdenken will, sollte man immer etwas erfragen, was der Betreffende wirklich wissen kann. Es ist unklug, von einem Kerl zu erwarten, die neusten Modetrends aus Mailand zu kennen. Dafür gibt es Millionen

Themen, mit denen die meisten Männer sich auskennen: Fußball, Bier, Poker, technische Spielereien und Werkzeuge zum Beispiel.

Außerdem können Sie bei diesen Themen die »Jungfrau in Nöten« geben, und da spielt jeder Mann nur allzu gerne mit. Männer mögen das Gefühl, Frauen etwas erklären zu können. Und obwohl ich ganz und gar nichts davon halte, das Dummchen zu mimen, kümmert es doch im Grunde niemanden, dass Sie die Antwort auf die Frage schon kennen. Jungs helfen Mädels gern – lassen Sie sie einfach.

Aber vielleicht kommen Sie mit Fragen im Allgemeinen nicht so gut zurecht? Probieren Sie es stattdessen mit einer Aussage, die zu einer Unterhaltung einlädt (zum Beispiel: »Ihr Jungs seht aus, als ob ihr schon 'ne ganze Weile Tennis spielt!« statt »Spielt ihr schon länger Tennis?«). Dadurch bekommt der Angesprochene das Gefühl, als habe *er* auf der Basis Ihrer Aussage ein Gespräch in Gang gesetzt und denkt vielleicht sogar, er würde Sie anmachen, statt umgekehrt.

Sind Sie eigentlich nie nervös?

Oh, doch. Aber die Nervosität legt sich mit der Zeit. Je öfter man es tut, umso gelassener wird man. Dennoch habe ich immer noch manchmal Schmetterlinge im Bauch. Ich muss mich vorher in die richtige Stimmung bringen, damit ich meine Eröffnung auch anbringen kann. Einen Mann anzusprechen ist für mich in vieler Hinsicht ähnlich, wie eine Rede vor Publikum zu halten. Ich werde nervös, bekomme leichtes Lampenfieber. Zu meinem Entsetzen werden meine Hände manchmal sogar schwitzig, aber sobald ich einmal angefangen habe, läuft es normalerweise wie geschmiert. Im Übrigen weiß ich inzwischen diese Spannung zu schätzen: Man bleibt sehr wach, und es fühlt sich ein wenig wie ein Rausch an.

Es ist durchaus normal, ein wenig nervös zu sein, wenn man einen Fremden um Rat fragt, daher dürfen Sie es auch ruhig zeigen. Mir bekommt es meistens besser, den Mann nicht die ganze Zeit über anzustarren, und wenn ich über etwas – zum Beispiel über seine Antwort – nachdenke, lasse ich meinen Blick schweifen. Der Austausch sollte so echt wie möglich wirken. Falls Sie zu schnell sprechen oder zu leise oder zu stottern beginnen, brauchen Sie vielleicht noch ein wenig Übung.

Was mache ich, wenn es nicht klappt?

Manchmal klappt es eben nicht. Wer lernt, macht Fehler, und aus Fehlern lernt man. Denken Sie einfach immer daran, dass es in diesem Fall die Masse macht. Und da Sie jeden ansprechen können, der Ihnen gefällt, stört es nicht im Geringsten, wenn eine Eröffnung danebengeht. Anstatt sich zu ärgern, betrachten Sie es positiv: Sie haben erfahren, an welchen Stellen es bei Ihnen noch ein wenig hakt.

Warum kann ich nicht einfach zu ihm gehen und »Hi« sagen?

Wenn Sie einfach nur »Hi« sagen, zwingen Sie den Mann, in einem Sekundenbruchteil eine Entscheidung zu treffen, denn wenn wir »Hi« sagen, meinen wir eigentlich: »Ich steh auf dich und will dich kennenlernen«. Es funktioniert nicht sehr oft (und glauben Sie mir, ich hab's versucht), da Ihr unverhohlenes Interesse Ihre Attraktivität in seinen Augen schmälert. Sorry.

Warum kann ich nicht einfach zu ihm gehen und sagen: »Schöne Schuhe, wollen wir ficken?«

Siehe vorherige Frage. Der Unterschied liegt natürlich darin, dass dieser Satz eindeutig in die Kategorie Anmachsprüche gehört. Ich habe nur ein einziges Mal erlebt, dass es (bei einer weiblichen Anmache) funktioniert hat, und in dieser Situation brachte das Mädel die Frage als Scherz an, das heißt, sie gab sich absichtlich dreist, um ihn zum Lachen zu bringen.

Das alles kann doch nicht Ihr Ernst sein. Frauen sollten nicht die Initiative ergreifen. Haben Sie denn *Die Kunst, den Mann fürs Leben zu finden?* nicht gelesen? Weiß doch jeder, dass Männer darauf nicht stehen.

Ich kann nur hoffen, dass Sie spätestens jetzt, nach der Lektüre meines Buches, nicht mehr so denken. Falls doch, mailen Sie mir und ich lade Sie auf einen Drink ein. Dann zeige ich Ihnen persönlich, wie es funktioniert. Sie werden es nicht bereuen, versprochen.

Wie oft wöchentlich muss man ausgehen, damit es funktioniert?

Ich nehme an, mit »funktionieren« meinen Sie, dass man die Männer kennenlernt, die einem gefallen.

Wie schon mehrmals gesagt, geht es hier vor allem zunächst um Quantität. Je mehr Menschen Sie kennenlernen, umso größer sind die Chancen, dass die Richtigen dabei sind. Logisch.

Wie viele Abende pro Woche? Das hängt ganz und gar davon ab, wie ernst es Ihnen mit der Suche ist. Wenn Sie mit dem Ziel, zehn Männer anzusprechen, ausgehen, und das dreimal die Woche, kommen Sie mit dreißig Männern in Kontakt. Bei meiner Theorie, dass es bei einem von hundert Klick macht, müssten Sie, statistisch betrachtet, innerhalb eines Monats einen Mann treffen, der absolut auf Ihrer Wellenlänge liegt.

Was tue ich, wenn ich spüre, dass er nicht auf mich steht?

Wenn Sie merken, dass die Unterhaltung nicht locker und ungezwungen läuft, können Sie zu jedem Zeitpunkt aussteigen. Ihre Würde bewahren Sie, indem Sie sich freundlich für den Rat/den Input/die Antwort bedanken und sich verabschieden. Sollte der Angesprochene nämlich während Ihres Gesprächs geglaubt haben, Sie wollten ihn nur anmachen, wird er jetzt eines Besseren belehrt. Sie gehen ja jetzt; das täten Sie nicht, wenn Sie ein übermäßiges Interesse an ihm hätten.

Ich finde, Sie machen Frauen falsche Hoffnungen, und das ist unfair und verantwortungslos. Letztlich führt Ihre »Methode« nur dazu, dass Frauen bezüglich der Partnersuche noch deprimierter sind.

Zunächst tut es mir leid, dass die Partnersuche Sie deprimiert. Aber ich habe dieses Buch nicht geschrieben, um weiblichen Frust zu steigern. Im Gegenteil. Ich will es Frauen ermöglichen, etwas mehr Kontrolle über die Situation zu bekommen.

Wir alle kennen das: Frauen glauben, man käme nicht an die richtigen Männer heran, was nicht nur traurig und einsam macht, sondern auch am Selbstbewusstsein nagt. Deshalb bleiben einige gleich zu Hause, lassen sich gehen, machen die Situation für sich selbst noch schlimmer. Mein Ziel ist es, hier eine Lösung zu bieten, nicht das Problem zu verschärfen.

Ich möchte Frauen neue Hoffnung geben, sie motivieren und sie überzeugen, dass es durchaus möglich ist, Männer kennenzulernen, sich zu verabreden, Spaß zu haben und wählen zu können. Vielleicht ist es hart, vor allem am Anfang, vielleicht braucht man Übung und ein bisschen Mut, aber es ist allemal besser, als sich gönnerhafte Ratschläge und gut gemeinte sinnlose Floskeln anhören zu müssen, die tatsächlich auf Dauer nur frustrieren. Ich kann nur hoffen, dass meine Strategien gerade den Frauen, die Sie beschreiben, den Antrieb verleihen, sich selbst zu helfen.

2. Und noch mehr Eröffnungen

Die Beispiele, die ich hier aufliste, folgen alle derselben Formel, die wiederum ganz auf dem neutralen Ansatz beruht: Nähern Sie sich Ihrem Wunschkandidaten, versetzen Sie sich in die richtige Stimmung, tragen Sie Ihre Eröffnung vor, und überlassen Sie sich der Situation.

Um es noch einmal zu betonen: Sie können (und sollen) mit den Worten spielen und sie sich zu eigen machen. Wenn Sie jemanden verkörpern wollen, der sich über ein Thema so intensive Gedanken macht, dass er jetzt sofort eine weitere Meinung dazu hören will, dann wirken Sie weit natürlicher, wenn Sie sich tatsächlich intensive Gedanken machen, und zwar auf Ihre Art und nicht mit den Worten eines anderen. Meine Beispiele sind nur Richtlinien. Streichen Sie oder fügen Sie hinzu, was immer Ihnen beliebt.

Anstelle der männlichen Reaktion habe ich wieder nur »bla bla bla« gesetzt, denn es kommt vordergründig darauf an, dass Sie eine Eröffnung sowie einige Anschlusssätze parat haben – die auf fast jede mögliche Reaktion Ihres Gesprächspartners passen.

Bar-Eröffnungen

Clint Eastwood

SIE: »Hey, Jungs, könnt ihr mir mal erklären, warum alle Männer meinen, Clint Eastwood sei der Größte? Ich habe mich gerade eineinhalb Stunden zu Tode gelangweilt, weil ich einem Freund (Mitbewohner/Bruder etc.) bei einem alten Western Gesellschaft geleistet habe. Ich meine, der Mann tut nichts anderes, als die Augen zu verengen und mit heiserer Stimme zu sprechen. Wieso, bitte schön, findet ihn jeder cool?«

JUNGS: »Bla bla bla. Er *ist* cool. Bla bla bla.«

SIE: »Okay, was ist mit Bruce Willis? Der ist doch auch cool, oder? Und der kann wenigstens schauspielern.«

JUNGS: »Bla bla bla. *Stirb langsam*. Bla bla.«

SIE: »Was ist denn in euren Augen der beste Actionfilm, der je gemacht wurde?«

JUNGS: »Bla bla bla.«

SIE: »Das soll ja wohl ein Witz sein. *Bla bla bla* war viel besser."

JUNGS: »Bla bla bla.«

Bob Dylan

Ich kann Dylans Art zu singen nicht ausstehen, obwohl ich gerne zugebe, dass er ein großartiger Songwriter ist. Bob Dylan eignet sich ganz hervorragend für diese Eröffnung, weil mir noch kein männliches Wesen begegnet ist, das ihn nicht mag. Prinzipiell können Sie aber auch irgendeinen Sänger nennen, den *Sie* wirklich nicht leiden können.

SIE: »Jungs, beantwortet mir bitte eine Frage. Wie komm es nur, dass alle Männer Bob Dylan für großartig halten? Als ich eben mit Freunden hergefahren bin, lief im Radio ein Dylan-Song – also gequetschtes Gegreine und schräge Mundharmonikaklänge. Natürlich überschlugen sich die DJs danach sofort mit Lobeshymnen. Ja, geht's noch? Oder ist das ein Insidergag, und jeder findet ihn eigentlich doof?«

JUNGS: »Bla bla bla. Von wegen. Bla bla bla. Dylan ist cool. Bla bla bla. Er hat ›bla bla bla‹ geschrieben.«

SIE: »Oh, das hat er geschrieben? Na gut, dann gebe ich zu, dass er ein guter Songwriter ist. Aber Sänger? Ich bitte euch!«

JUNGS: »Bla bla bla.«

SIE: »Aber damit ich eure Meinung über Dylan richtig einschätzen kann ... was hört ihr denn sonst gerne?«

JUNGS: »Bla bla bla.«

Übrigens: Das Satzfragment »damit ich eure Meinung richtig einschätzen kann« eignet sich für fast jedes Thema im Entertainmentbereich. Damit lässt sich eine Unterhaltung leicht fortführen.

SMS-Eröffnung

SIE: »Hey, kann ich dich etwas fragen? Ich habe gerade mit einer Freundin gesprochen. Sie sagt, sie hätte einem Typen, den sie gerade erst kennengelernt hat, letzte Woche eine SMS geschickt. Er hat aber nicht reagiert. Soll sie ihn jetzt anrufen oder nicht? Wir hätten gerne eine zweite Meinung.«

ER: »Wie viele Tage ist das denn her?«

SIE: »Vier seit dem Date, glaube ich. Wieso?«

ER: »Na ja, ich würde an ihrer Stelle mindestens eine Woche warten. Wenn er sich bis dahin nicht gemeldet hat, dann kann man durchaus mal anrufen. Aber ehrlich gesagt denke ich, dass er sich gar nicht mehr meldet, wenn er es bis jetzt nicht getan hat.«

SIE: »Okay, danke. Ich gebe es ihr weiter. Ich simse ja furchtbar gerne, zumal es einfach schneller geht als telefonieren, aber es kann sehr frustrierend sein, wenn man auf eine Reaktion wartet, nicht wahr?«

ER: »Absolut. Bla bla bla.«

Fußball

SIE: »Kann ich dich mal was fragen?«

ER: »Klar. Was denn?«

SIE: »Meine Freunde haben neulich mal gesagt, dass Mädels, die sich mit Fußball auskennen, selten attraktiv sind. Ich kann den Zusammenhang eigentlich nicht sehen. Wie kommen die nur zu der Meinung? Sind das Urängste?«

ER: (lacht) »Nein, ich sehe eigentlich auch keinen Zusammenhang. Vielleicht wollten sie dich bloß auf den Arm nehmen. Magst du Fußball?«

SIE: »Ja. Ich hatte als Kind immer hauptsächlich Jungs in meinem Umfeld, da war das wahrscheinlich unvermeidlich. Du hast wohl recht, vielleicht wollten sie mich nur aufziehen. Und du? Magst du Fußball? Oder eher nicht?«

ER: »Bla bla bla.«

Biersorten

SIE: »Entschuldige die Störung, aber darf ich was fragen?«

ER: »Schieß los.«

SIE: »Meine Freundin hat einen neuen Freund, und der hat sie eingeladen, einen Abend mit all seinen Kumpels zu verbringen, und jetzt zermartern wir uns das Hirn, welches Bier sie mitbringen soll. Erst haben wir an Guinness gedacht, aber fünfzig Prozent der Menschheit mag kein Guinness. Gibt es ein Bier, das alle Jungs mögen?«

ER: »Fünfzig Prozent der Menschheit mag kein Guinness? Also, das ist mir neu. Wie auch immer, bla bla bla.«

SIE: »Wirklich? Und das mögen alle?«

ER: »Absolut. Es ist nicht zu dunkel, nicht zu leicht ... Man wird euch ewig lieben.«

SIE: »Und was hältst du von selbst gebackenen Keksen? Ich meine, kommt das nicht zu bieder rüber? Und wir fragen uns natürlich auch, ob ihr Neuer dann nicht vielleicht denkt, sie würde schon jetzt klammern ...«

ER: »Klammern? Oh, Mann, wenn ein Mädel für mich Kekse backt, würde ich sie sofort heiraten.«

SIE: »Sofort? (Lachen) So leicht bist du zu haben?«

ER: »Bla bla bla.«

Die Date-Eröffnung

SIE: »Kann ich mal deine männliche Meinung hören?«

ER: »Klar. Worum geht's?«

SIE: »Meine Freundin ist mit einem Typen verabredet – er nennt es ›zusammen weggehen‹, also scheint es wohl kein echtes Date zu sein, zumal der Typ ein Bekannter von uns ist. Trotzdem hat er gesagt, *sie* soll aussuchen, wohin sie gehen, und nun weiß sie nicht, was sie tun soll. Sie will ihn nicht in die Flucht schlagen, indem sie ein Restaurant vorschlägt, und denkt jetzt an eine Kneipe. Was meinst du? Wenn ein Mädel ›auf ein Bier in eine Kneipe‹ sagt, würdest du dann glauben, sie hat ein Auge auf dich geworfen?«

ER: »Bla bla bla.«

SIE: »Kennst du eine nette Kneipe hier in der Gegend?«

ER: »Ja, bla bla bla. Aber sie kann auch erst mal mit

ihm ins Kino gehen. Das bedeutet noch nicht viel.«

SIE: »Ehrlich nicht? Wir dachten, es würde sich zu sehr nach offizieller Verabredung anhören. In welchen Film würdest du denn dann am liebsten gehen?«

ER: »Bla bla bla.«

An anderen Orten: Er und sein Hund

(nein, *Sie* brauchen keinen Hund)

SIE: »Wow, das ist ja ein schöner Hund. Welche Rasse ist das?« (Sollte die offensichtlich sein, wahlweise: »Wie alt ist er?«)

ER: »Bla bla bla.«

SIE: »Sagen Sie, können Sie mir eins verraten? Warum zittern kleine Hunde eigentlich immer? Haben sie Angst? Ist ihnen kalt?«

ER: »Bla bla bla.«

Im Einkaufszentrum

SIE: »Entschuldigung. Wissen Sie, ob es hier irgendwo ein Sportgeschäft gibt? Ich brauche einen Volley-/Hand-/Fußball.«

ER: »Ja, bla bla bla.«

SIE: »Klasse, vielen Dank. Ich will wieder anfangen, im Verein zu spielen, aber ich möchte auch in der Woche ein bisschen trainieren. Spielen Sie auch?«

ER: »Ja, bla bla bla.«

SIE: »Wow, dann sind Sie vermutlich verdammt gut. Kennen Sie denn einen Platz, wo man privat üben kann?«

ER: »Bla bla bla.«

Im Schwimmbad

SIE: »Also, mir ist gerade etwas Verstörendes passiert. Ich schwimme gerade in aller Seelenruhe meine Bahnen, als jemand hinter mir herankommt und meinen Fuß packt. Ich meine, ich weiß ja, dass man auf sich aufmerksam macht, wenn man überholen will – aber *so?*«

ER: »Ja, stimmt, das ist etwas krass ...«

SIE: »Ich habe mich richtig erschrocken. Ist dir so was schon mal passiert?«

ER: (grinst) »Nein, eigentlich nicht.«

SIE: »Und ich habe gedacht, gerade in diesem Bad wird man nicht belästigt. Bist du immer hier oder gehst du auch noch woanders schwimmen?«

ER: »Bla bla bla.«

Am Strand

SIE: »Entschuldigung, könnte ich mir vielleicht deine Sonnencreme borgen? Ich habe meine vergessen und kriege schnell Sonnenbrand ...«

ER: »Na klar, bedien dich.«

SIE: »Danke. Übrigens ... weißt du, wo man hier Surfen lernen kann? Ich wollte es immer schon ausprobieren, hatte bisher aber nie Zeit dazu ...«

ER: »Bla bla bla.«

SIE: »Ich habe mich schon oft gefragt, woran man merkt, wann die Welle bricht.«

ER: »Bla bla bla.«

SIE: »Du hast ziemlich viel Ahnung. Surfst du schon lange?«

Auf dem Tennisplatz

(Nachdem der von Ihnen ausgeguckte Typ gerade sein Spiel beendet hat)

SIE: »Entschuldigung ... kannst du mir mal gerade zeigen, wie ich den Schläger für den Aufschlag halten soll? Bei euch sah das sehr professionell aus.«

ER: »Ja, sicher. Bla bla bla.«

SIE: »Oha. Da spiele ich schon fast ein Jahr und habe es anscheinend die ganze Zeit über falsch gemacht. Ihr seid schon länger dabei, oder?«

ER: »Bla bla bla.«

Auf einer Wanderung I

Die Männer kommen Ihnen entgegen; sie sind bereits auf dem Rückweg, während Sie das Ziel noch nicht erreicht haben.

SIE: »Hey, Jungs, ist es noch weit bis oben?«

JUNGS: »Bla bla bla.«

SIE: »Was gibt es denn da zu sehen? Lohnt es sich überhaupt?«

JUNGS: »Bla bla bla.«

SIE: »Wir waren vor ein paar Wochen auf einer Tour nach bla bla bla. Fantastisch. Wart ihr schon mal da?«

JUNGS: »Bla bla bla.«

SIE: »Kennt ihr eine gute Wandergruppe, die sich regelmäßig trifft? Ich habe den Eindruck, die meisten bestehen nur aus alten Leuten.«

JUNGS: »Bla bla bla.«

Auf einer Wanderung II

Sie kommen vom Ziel zurück, einige Männer kommen Ihnen entgegen. Es ist nicht mehr weit, aber Sie haben Lust, die Burschen ein wenig hochzunehmen.

SIE: »Jungs, ihr wisst schon, dass ihr noch locker zehn Kilometer vor euch habt, nicht wahr?«

JUNGS: »Na, klar. Wir kennen die Strecke. Bla bla bla.«

SIE: »Nein, das Ziel wurde verlegt. Echt wahr.«

JUNGS: »Wer's glaubt. Bla bla bla.«

SIE: »Jetzt mal ganz im Ernst. Es ist wirklich toll da oben. Eben schien die Sonne auf den Wasserfall, und es gab einen Regenbogen ... wunderschön. Das hat mich ein bisschen an bla bla bla erinnert. Wart ihr Jungs schon mal da?«

JUNGS: »Bla bla bla.«

SIE: »Kennt ihr übrigens zufällig eine coole Wandergruppe ...?«

Auf einer Party

SIE: »Hört mal, Jungs, könnt ihr mir mal etwas erklären?«

JUNGS: »Was denn?«

SIE: »Ich habe mich eben noch mit einer Freundin darüber unterhalten. Wie kommt es eigentlich, dass Jungs immer ein Bier in der Hand haben müssen, wenn sie Sport gucken? Gehört das unmittelbar zusammen? Sport, Bier, Männer?«

JUNGS: »Bla bla bla.«

SIE: »Werden Jungs vielleicht so geboren, dass in ihrem Kopf ein Signal ›ICH WILL BIER‹-Impulse ans Hirn feuert, sobald im Fernsehen ein Spiel läuft?«

JUNGS: »Bla bla bla.«

SIE: »Und beim Golf? Der Sport ist ruhiger, da wird längst nicht so viel gebrüllt, die Kehle wird nicht so schnell trocken – liegt es vielleicht daran?«

JUNGS: »Bla bla bla.«

Am Ende der Yoga-/Pilates-/Spinningstunde

SIE: »Wow, ich hatte ganz vergessen, wie hart der Kurs sein kann. Als ich das letzte Mal hier war, muss ich besser in Form gewesen sein. Macht dieser Trainer das jetzt immer?«

ER: »Soweit ich weiß, ja.«

SIE: »Den Kurs hat früher ein echter Sadist geleitet, ich schwör's. Das Training war gut und intensiv, aber irgendwie kam man sich nachher furchtbar malträtiert vor. Kennst du das Gefühl?«

ER: (lacht) »Bla bla bla.«

SIE: »Ich bin mir immer noch nicht sicher, ob ich den Kurs an sich mag oder eher das Triumphgefühl, mich bis zum Ende durchgequält zu haben.«

ER: »Bla bla bla.«

SIE: »Bist du hier, weil du einfach in Form bleiben willst, oder hast du ein bestimmtes Trainingsziel vor Augen?«

ER: »Bla bla bla.«

Im Wartebereich einer Behörde oder überall dort, wo man Formulare ausfüllen muss

Nehmen Sie keinen Stift mit. Und setzen Sie sich neben den, den Sie ansprechen wollen.

SIE: »Entschuldigung – können Sie mir vielleicht einen Stift leihen?«

ER: (Antwort 1) »Na, klar, hier bitte.«

ER: (Antwort 2) »Leider nein, aber man kann sich am Schalter einen holen.«

SIE: »Danke ... Ich komme mir hier immer wie auf dem Prüfstand vor – was Behörden alles wissen wollen! Was haben Sie denn hier zu tun?«

ER: »Bla bla bla.«

SIE: »Ich brauche einen neuen Führerschein. Und ich muss den ganzen Morgen schon an meine Fahrprüfung denken. Damals habe ich tatsächlich ein Stoppschild überfahren, aber trotzdem bestanden. Glauben Sie, dass Frauen mit so etwas eher durchkommen?«

ER: »Bla bla bla.«

Auf dem Markt/Im Biomarkt

SIE: »Entschuldigen Sie die Störung, aber – kann ich Sie was fragen?«

ER: »Sicher.«

SIE: »Haben Sie schon mal für eine Frau gekocht, die Sie beeindrucken wollten?«

ER: »Bla bla bla.«

SIE: »Es geht nämlich um Folgendes: Eine Freundin von mir hat einen Mann kennengelernt, und er hat sie zu sich zum Essen eingeladen und Lammkoteletts gemacht. Sie ist jetzt überzeugt davon, dass er total auf sie steht. Meinen Sie, sie hat recht, oder hat er nur deshalb Lamm gemacht, weil er gerne Lamm isst?«

ER: »Bla bla bla.«

SIE: »Und Lasagne? Wäre das ein gutes Zeichen?«

ER: »Bla bla bla.«

SIE: »Wo wir gerade von Lasagne sprechen ... Kennen Sie den neuen Italiener zwei Straßen weiter? Total schöner Laden.«

ER: »Bla bla bla.«

Im Restaurant I

Nehmen Sie im Restaurant nicht den ersten Tisch, den man Ihnen anbietet, sondern sehen Sie sich um, ob irgendwo nette Typen sitzen und bitten Sie um den Tisch daneben. Wenn Sie es sich gemütlich gemacht haben ...

SIE: »Hallo, Jungs, entschuldigt, dass wir euch einfach so anquatschen, aber da ihr Männer seid, haben wir gehofft, dass ihr uns bei einer Streitfrage helfen könntet.«

JUNGS: »Klar. Bla bla bla.«

SIE: »Super, danke. Also: Meine Freundin hier meint, dass eine Drei-Tage-Regel wie in dem Film *Swingers* totaler Schrott ist. Sie findet, man kann einen Kerl durchaus auch schon am nächsten Tag anrufen, und solche Regeln seien ohnehin dämlich. Dem stimme ich zwar zu, aber seltsamerweise scheinen sie ja trotzdem zu funktionieren. Meine Frage an euch ist also:

Blödsinn oder nicht?«

JUNGS: »Bla bla bla.«

SIE: »Aber wurdet ihr schon mal zurückgerufen, wenn ihr euch schon am nächsten Tag gemeldet habt? Die Szene, in der Jon Favreau fünfzehn Mal anruft, ist doch deshalb so zermürbend, weil sie der Realität entspricht ...«

JUNGS: »Bla bla bla.«

SIE: »Habt ihr auch die anderen Vince-Vaughn-Filme gesehen? Zum Beispiel die, die er mit Owen Wilson und Will Ferrell gemacht hat? Zum Brüllen komisch.«

JUNGS: »Bla bla bla.«

Im Restaurant II

Falls Sie bereits sitzen und eine Gruppe fabelhafter Kerle nimmt drei Tische weiter Platz, kann das eine echte Herausforderung sein. Frechheit siegt! Bleiben Sie auf dem Weg von der Toilette an diesem Tisch stehen und sagen:

SIE: »Entschuldigt, Jungs, das ich einfach so störe, aber wir bräuchten eine männliche Meinung. Wir haben eine Freundin, die die Männer, die sie kennenlernt, immer sehr bald mit einem Kosenamen versieht – und nur noch damit anspricht. Die meisten Kerle bleiben nicht lange mit ihr zusammen, und wir haben das dumpfe Gefühl, es liegt genau daran. Ich meine, fändet ihr das nicht auch komisch, wenn eine Frau euch schon beim zweiten Date einen Spitznamen gibt?«

JUNGS: »Bla bla bla.«

SIE: »Den letzten Kerl, mit dem sie zusammen war, hat sie, glaube ich, ›Tarzan‹ genannt – und er war nicht einmal besonders kräftig. Hat einer von euch schon mal einen Spitznamen von einer Frau bekommen, der ihm *nicht* peinlich war? Vielleicht kann ich meiner Freundin ja eine Alternative vorschlagen. Wir fürchten, dass sie sich nicht grundsätzlich davon abbringen lässt.«

JUNGS: »Bla bla bla. Der King. Bla bla bla.«

SIE: »Ernsthaft? (Gelächter) Das werde ich ihr vorschlagen.«

JUNGS: »Bla bla bla.«

SIE: »Übrigens ... habt ihr eine Empfehlung, was hier besonders lecker ist?«

JUNGS: »Bla bla bla."

Bei einer Galerie-Eröffnung/Vernissage

SIE: »Darf ich Sie etwas fragen?«

ER: »Sicher, fragen Sie.«

SIE: »Okay, ich sollte mich hier eigentlich auf die Kunst konzentrieren, vor allem, weil sie es wirklich wert ist, aber mir will eine Sache nicht aus dem Kopf gehen. Als ich eben herkam, fuhr ein Mann im Cabrio an mir vorbei. Er hatte das

Radio an und sang lautstark bei einem Lied mit: »Sometimes when we touch, the honesty's too much.« Ich kenne das Lied natürlich, aber mitgesungen habe ich komischerweise noch nie. Sie?«

ER: »Bla bla bla.«

SIE: »Aber das Ärgerliche daran ist, dass mir das Lied jetzt nicht mehr aus dem Kopf gehen will, ich mich aber bloß an die erste Strophe erinnern kann. Das macht mich wahnsinnig. Ich will Ihnen ja nicht zu nahetreten, indem ich annehme, dass *Sie* das Lied auswendig kennen, aber könnten Sie mir vielleicht weiterhelfen? Und keine Angst – Sie müssen es mir nicht vorsingen.«

ER: »Bla bla bla.«

Bei einem Rockkonzert

SIE: »Darf ich dir was verraten? Jedes Mal, wenn ich auf ein Konzert gehe, muss ich an die Szene in *Wayne's World* denken, in der sie beim Alice-Cooper-Konzert über die Köpfe der Fans weitergereicht werden. Insgeheim wünsche ich mir so was schon lange. Hast du das schon mal miterlebt?«

ER: »Bla bla bla.«

SIE: »Und Stagediving? Da kann man sich doch richtig böse verletzen, oder?«

ER: »Bla bla bla.«

SIE: »Hast du die Jungs hier schon mal live erlebt?«
ER: »Bla bla bla.«

Beim Fußball-/Football-/Handballspiel oder einer anderen Sportveranstaltung I

Falls die Jungs auf Plätzen vor, neben oder hinter Ihnen sitzen, also nah genug sind, dass Sie sich ganz natürlich mit ihnen unterhalten können:

SIE: »Jungs, bitte erklärt mir mal etwas. Was passiert, wenn am Ende des Spiels Gleichstand ist? Ist es dann einfach unentschieden oder muss in jedem Fall ein Gewinner ermittelt werden?«
JUNGS: »Bla bla bla.«
SIE: »Und – was denkt ihr, wer gewinnen wird?« (oder wenn das offensichtlich ist:) »Glaubt ihr, [das Verliererteam] hat eine Chance?«
JUNGS: »Bla bla bla.«
(In der Pause können Sie am Gespräch anknüpfen:)
SIE: »Okay, jetzt verstehe ich, was ihr gemeint habt. Die [Team, das führt] haben's einfach drauf, richtig?«
JUNGS: »Bla bla bla«
SIE: »Seid ihr oft live dabei?«

Beim Fußball-/Football-/Handballspiel oder einer anderen Sportveranstaltung II

Wenn die infrage kommenden Jungs nicht in erreichbarer Nähe sind, warten Sie auf die Halbzeit bzw. Pause. Wenn der Betreffende dann aufsteht, folgen Sie ihm (unauffällig, versteht sich). Er will sich wahrscheinlich etwas zu essen besorgen (das tun sie immer, die Kerle). Wenn er stehen bleibt, nähern Sie sich und fragen:

SIE: »Hey, was kann man denn hier gut essen? Sind die Hotdogs okay?«

ER: »Bla bla bla.«

SIE: »Ein Freund von mir meint, ich sollte die Nachos probieren. Was meinst du?«

ER: »Bla bla bla.«

SIE: »Okay, danke ... Hör mal, kannst du mir mal was erklären?« (Jetzt steigen Sie in die »Wer-gewinnt?«-Frage wie oben ein.)

In der Videothek

SIE: »Entschuldige ... *Alien* oder *Predator?* Wir machen einen Horrorfilm-Abend, und ich kenne beide noch nicht.«

ER: »Bla bla bla.«

SIE: »Meine Freunde sagen, beide Filme seien gut, aber ich kann mich nicht entscheiden.«

ER: »Bla bla bla.«

SIE: »Es ist ja auch immer eine Geschmacksfrage.

Um deinen Rat richtig einordnen zu können – magst du eher Filme wie *Matrix* oder *Lethal Weapon*?«

Am/Im Zeitungskiosk

SIE: (blättern in einer Zeitung) »Ich habe immer das Gefühl, ich tue etwas Verbotenes, wenn ich zu lange in Zeitschriften blättere, die ich gar nicht kaufen will. Kennen Sie das?«

ER: »Bla bla bla.«

SIE: »Es hat etwas von ›unbefugtem Lesen‹. Ein Freund von mir macht nichts anderes – er kauft sich keine einzige Zeitung, ist aber ständig über alles Mögliche informiert. Wirklich fair finde ich es allerdings nicht. Immerhin müssen auch Zeitungsleute von etwas leben, oder?«

ER: »Bla bla bla.«

SIE: »Und was halten Sie von Musik aus dem Internet? Ist es okay, sich runterzuladen, was man umsonst kriegen kann?«

ER: »Bla bla bla.«

Überall I

SIE: »Darf ich dich mal was fragen? Kennst du das auch, dass man jemanden, mit dem man viel Zeit verbracht hat, überall zu sehen glaubt, sobald er weggezogen ist?«

ER: »Bla bla bla. Wen siehst du denn ständig?«

SIE: »Meine Mitbewohnerin vom College. Es klingt abgedroschen, aber sie war ein bisschen wie eine kleine Schwester für mich. Es ist komisch, dass sie nicht mehr da ist.«

ER: »Bla bla bla.«

Überall II

SIE: »Hey, Jungs, ich hätte da mal eine Frage. Ich mache mir Sorgen wegen einer Freundin. Ich habe gerade mit ihr telefoniert, und ihr Freund sagt, er will mehr Zeit für sich. Er will sich nicht trennen, sagt er – er findet nur, dass sie sich zu dicht auf der Pelle hängen. Wie soll man das deuten? Wie würdet ihr das aus männlicher Sicht beurteilen?«

JUNGS: »Bla bla bla.«

SIE: »Nein, er will definitiv nicht Schluss machen, und ich bin ziemlich sicher, dass keine andere im Spiel ist. Anscheinend fühlt er sich eingeengt. Ist das bei Jungs öfter so? Ich meine, öfter als bei uns Frauen?«

JUNGS: »Bla bla bla.«

Überall III

Für diese Eröffnung muss der Betreffende etwas haben, das Sie toll finden und vielleicht ebenfalls erstehen wollen.

SIE: »Entschuldigung, aber darf ich dich fragen, wo-

	her du diese Tasche/Sneakers/dieses Fahrrad hast?«
ER:	»Klar, bla bla bla.«
SIE:	»Klasse, vielen Dank. So was habe ich schon immer gesucht.«

Abhängig von dem Gegenstand oder dem, was er gesagt hat, schließen Sie nun mit einer der folgenden Fragen an:

	»Gibt es noch andere Modelle davon?« / »Wann ungefähr hast du das gekauft?« / »Bist du zufrieden damit?«
ER:	»Bla bla bla.«
SIE:	»Danke. Damit hast du mir echt weitergeholfen. Ich stehe auf Ausgefallenes. Kennst du [Name des Ladens oder der Website]? Da gibt es auch immer einzigartige oder witzige Dinge.«
ER:	»Bla bla bla.«

Blind-Date-Eröffnung

Dieses Beispiel kostet sicherlich ein wenig Mut, und Sie müssen recht gut schauspielern können, aber es macht einen Höllenspaß. Grundvoraussetzung ist jedoch auch hier, dass Sie Ihre Eröffnung so neutral wie möglich anbringen.

Gehen Sie in eine Bar. Sehen Sie sich vorsichtig um, ob Sie jemanden entdecken, der Ihnen gefällt. Falls ja, nähern Sie sich und setzen oder stellen Sie sich neben ihn. Nicht zu dicht natürlich, ein gewisser Abstand muss sein. Tun Sie so, als warteten Sie auf ein Blind Date. Immer wieder schauen Sie auf Ihre Uhr, mustern jeden, der die Bar neu betritt, und sehen sich wieder und wieder im Raum um. Alle paar Sekunden werfen Sie Ihrem Zielobjekt einen Blick zu. Machen Sie das eine Weile, vielleicht eine Minute lang. Inzwischen dürfte er irritiert sein. Schließlich sehen Sie wieder auf die Uhr, blicken sich im Raum um, seufzen und wenden sich ihm zu.

SIE: »Entschuldigung, dass ich dich die ganze Zeit anstarre, aber du heißt nicht zufällig Mike?«

ER: »Äh, nein. Wieso?«

SIE: (machen ein verlegenes Gesicht) »Na ja, ich habe hier ein Blind Date, und er hätte schon vor zehn Minuten hier sein sollen. Jetzt weiß ich nicht so recht, was ich machen soll. Ich hatte noch nie ein Blind Date, ich habe keine Ahnung, wie lange man anstandshalber auf den anderen wartet.«

ER: (lacht) »Ein Blind Date? Weißt du denn wenigstens, wie er aussieht?«

SIE: »Äh, ... nein. Ich habe ihn online kennengelernt. Beschrieben hat er sich als eins fünfundachtzig, braune Haare, blaue Augen ... na ja, im Grunde das, was alle schreiben. (Sehen Sie wieder auf die Uhr.) Aber ich glaube, man hat mich versetzt ...«

ER: »Hmm. Na ja, mein Kumpel und ich wollten hier noch einen Drink nehmen, bevor wir nach Hause gehen, und du bist auch hier, warum gesellst du dich nicht zu uns? Wenn der Typ noch kommt, hoffen wir für dich, dass das Internetprofil stimmt. Wenn nicht – also, wir sind beide über eins achtzig, und ich habe braune Haare.« (grinst)

SIE: (lachen) »Hört sich gut an. Seid ihr direkt von der Arbeit hergekommen?«

Anbaggern, Angraben, Anmachen, Aufreißen: Ein Gespräch mit einem Mann anfangen, den man attraktiv findet, mit der Absicht, sich mit ihm zu verabreden, damit man sich zu einem späteren Zeitpunkt besser kennenlernen kann.

Anschluss: Thematisch ähnliche Sätze und Fragen, die man an die Eröffnung anhängen kann, falls die anfängliche Reaktion des Traummanns zu wünschen übrig lässt.

Begleitung, die: Die Person – Freundin oder Freund –, die Ihnen bei der Annäherung an den Auserwählten zuarbeitet. Natürlich revanchieren Sie sich.

Beziehung aufbauen: Teil des Gesprächs, der der Eröffnung folgt. In diesem Abschnitt wird eine persönliche Beziehung hergestellt, sodass man nicht mehr nur »irgendein nettes Mädel« ist, sondern eine Frau, die der Traummann näher kennenlernen will, weil er sich ihr verbunden fühlt. Dazu lenkt man das Gespräch auf den Traumprinzen, um mehr über ihn herauszufinden, anstatt ausschließlich lustige und/oder liebenswerte Details über sich selbst einzustreuen.

Date, erstes: Die erste offizielle Verabredung mit dem Traumtypen.

Diese Frau will ich kennenlernen: Ein Satz, den der Auserwählte hoffentlich denkt, wenn man ihn kurz nach der Eröffnung mit spaßigen, interessanten und kurzweiligen Geschichten unterhält. Diese Geschichten kann man selbst erlebt haben, oder sie handeln von etwas, das man gehört, gelesen oder im Fernsehen gesehen hat. Lassen Sie die Phase nicht länger als zwei bis drei Minuten dauern.

Dr. D.: Der bedauernswerte junge Mann, der einst am Valentinstag meine Freundinnen und mich extrem plump anzumachen versuchte und daher als schlechtes Beispiel herhalten musste. Sein Fehler – neben seinem lächerlich aufgeblasenen Ego – war, dass er sein sexuelles Interesse an uns zu deutlich machte.

Eröffnung: Beschreibt die ersten zwei bis drei Minuten Unterhaltung mit dem Auserwählten. Die Eröffnung kann darauf abzielen, ein Informationsbedürfnis zu stillen oder den Gesprächspartner nach seiner Meinung zu einem strittigen Thema zu fragen, und sollte unbedingt neutral, das heißt frei von jeglicher sexuellen Komponente, sein. Körpersprache und Inhalt der Eröffnung müssen übereinstimmen.

Gemeinsame Erfahrung: Kann wunderbar als Eröffnung dienen, wenn man das Erlebnis direkt anspricht. Die Erfahrung kann lustig, seltsam, unerwartet oder intellektuell sein. In sehr vereinfachter Form nicht als Eröffnungstaktik zu empfehlen, da Männer sich ihr bereits seit Jahrhunderten bedienen (»Ist das nicht eine wunderschöne Nacht?«) und sie daher als Anmache durchschauen könnten. Am besten kombiniert mit anderen Eröffnungen einzusetzen.

Gesprächsaufhänger: Ein Kleidungs- oder ein Schmuckstück, das so ungewöhnlich oder auffällig ist, dass jeder, der es sieht, eine Bemerkung dazu macht.

Guten, die: Die Gruppe der Männer, die im Allgemeinen die folgenden Attribute (in unterschiedlicher Gewichtung) besitzt: intelligent, humorvoll, ehrlich, freundlich, gut aussehend, großzügig, sensibel, fit, ehrgeizig.

Handy: Hervorragend geeignetes Utensil, um sich dem Auserwählten zu nähern. Man kann so tun, als höre man die Mailbox ab, während man scheinbar ziellos umherirrt und schließlich neben ihm zum Stehen kommt.

Informationsbedürfnis: Ein Eröffnungstyp, bei dem entweder eine Frage gestellt oder um die Meinung des Auserwählten gebeten wird. Wird sie neutral an den Mann gebracht, kommt der Auserwählte im Leben nicht auf die Idee, man wolle ihn anmachen.

Klick-Faktor: Das Gefühl, dass der Mensch, den man kennengelernt hat, einen wirklich und wahrhaftig versteht. Andere nennen dies Seelenverwandtschaft.

Kombination von Eröffnungen: Zwei oder mehr Eröffnungen werden zusammengefasst, wenn der Traumprinz nur träge auf Ihre Ansprache reagiert.

Kondom: Sollte immer dabei sein und muss immer benutzt werden. Lassen Sie sich auf keinen Satz wie diesen ein:

»Ach, du hast auch kein Kondom? Macht nichts, bei mir bist du sicher.«

Korb geben, einen: Macht man mit den bedauernswerten Kreaturen, die einen zu direkten Ansatz wählen.

Körpersprache: Nonverbale Kommunikation. Gesten, Haltung, Tonfall, Blicke usw. vermitteln häufig eine sehr klare Botschaft.

Nähe suchen/sich nähern: Sich selbst an die Stelle manövrieren, an der sich der Traumtyp ansprechen lässt. Das funktioniert nur dann unauffällig, wenn es einen offensichtlichen weiteren Grund gibt, sich in der Nähe des Zielobjekts aufzuhalten: In einer Bar z. B. braucht man eine Serviette, einen weiteren Drink, sucht die Toilette auf etc.

Necken, aufziehen: Jemanden auf nette Art aufzuziehen ist eine Form des Flirtens. Man muss ein wenig üben, um es zu beherrschen, aber es eignet sich großartig, um Männer kennenzulernen.

Neutral: Frei von jeglicher sexuellen Komponente.

Porno: Eine milliardenschwere Industrie, die einzig auf den Bedürfnissen männlicher Fortpflanzungsorgane, deren Eigner eine gültige Kreditkarte besitzen, aufbaut. In diesem Buch mache ich mir Pornografie als Beweis zunutze, dass Männer die unterschiedlichsten Geschmäcker haben, was Attraktivität anbetrifft, denn für jedes körperliche Merkmal gibt es auch eine Pornoseite im Netz. Da Männer kein Geld dafür ausgäben, wenn es sie nicht anmachte, kann man mit Sicherheit behaupten, dass es keine Äußerlichkeit gibt, die nicht auch ihren Liebhaber findet.

Ryan Masters: Der Schuft, der mir auf brutale Art und Weise einen Korb gegeben hat, als ich ihn zu dem Ball einladen wollte, den ich eigens und ausschließlich geplant hatte, um ihm endlich näherzukommen.

Shakespeare: Winziger Chihuahua, den ich mir von einem Freund auslieh, um damit einen Jungen am Strand anzumachen, wie ich es in einem bescheuerten Ratgeber gelesen hatte.

Sixpack: Nicht Bier, sondern Bauch, ganz sicher nicht Bierbauch. Das Sixpack bezieht sich auf die durchtrainierten Bauchmuskeln, die manch ein Mann vorzuweisen hat.

Skala, die legendäre: Die Messlatte, auf der die Attraktivität einer bestimmten Person festgelegt wird. Zehn Punkte sind die Topwertung, die Eins ist traurig. Aber wen ich als Zehn einstufe, sieht meine Freundin vielleicht als Sieben; die Messlatte ist sehr, sehr subjektiv und kann unter keinen Umständen verallgemeinert werden.

Traumbarista Hank: Der erste coole Typ, den ich erfolgreich um ein Date gebeten habe. Von seiner Antwort – »Mit dir was unternehmen.« – auf meine Frage, was er denn am Freitagabend mache, zehrte ich lange. Nicht einmal die Morddrohungen seiner Ex konnten meine Freude darüber trüben, dass Traumbarista Hank mit mir ausgehen wollte.

Auswählte, Traumprinz, Traumtyp, der: Jeder Mann oder Kerl, der etwas in Ihnen auslöst, das Sie so neugierig auf ihn, sein Leben, seine Unterwäsche und seine möglichen Partnerqualitäten macht, dass Sie ihn unbedingt näher kennenlernen wollen. Der Traumprinz bezieht sich nicht auf männliche Models, Kinoschönheiten oder andere Vorzeigewesen, sondern bezeichnet das, was er für Sie, die Traumfrau, ist: ob er nun ein fantastisches Sixpack vorzuweisen hat, lieb zu seiner Oma ist oder eine Vorliebe für Splatter-Filme hat.

Trinken: Konsum alkoholischer Getränke. Sollte auf ein Minimum reduziert werden, wenn man auf Beutefang ist, um das Risiko einer rauschinduzierten Wahrnehmungsstörung zu reduzieren.